LIBROS DE JEFF KINNEY:

DIARIO de Greg

1. Un renacuajo

2. La ley de Rodrick

3. ¡Esto es el colmo!

4. Días de perros

5. La horrible realidad

6. ¡Sin salida!

7. Tres no es compañía

8. Mala suerte

9. El arduo viaje

10. Vieja escuela

11. ¡A toda marcha!

12. La escapada

13. Frío fatal

14. Arrasa con todo

DIARIO DE ROWLEY

¡Un niño superamigable!

DIARIO
de
Greg
ARRASA CON TODO

Jeff Kinney

RBA
LECTORUM

DIARIO DE GREG 14. ARRASA CON TODO
Originally published in English under the title DIARY OF A WIMPY KID: WRECKING BALL

This edition published by agreement with Amulet Books, a division of Harry N. Abrams, Inc.

Book design by Jeff Kinney
Cover design by Chad W. Beckerman and Jeff Kinney

Translation copyright ©2019 by Esteban Morán
Spanish edition copyright ©2019 by RBA LIBROS, S.A.

Lectorum ISBN: 978-1-63245-836-0
Legal deposit: B. 24.427-2019

Printed in Spain
10 9 8 7 6 5 4 3 2 1

A SCOOTER

MARZO

<u>Domingo</u>

He leído que en la antigüedad solían enterrar a los reyes y a los faraones con todos sus objetos personales. En aquellos tiempos pensaban que podías llevarte tus cosas CONTIGO a la otra vida.

Pero ¿y si me entierran con todos MIS cachivaches y luego me ARREPIENTO?

Mamá me ha obligado a hacer una limpieza general para deshacerme de todo lo que no NECESITO. La idea sonaba bien... hasta que fui consciente del millón de trastos que POSEO.

Me pasé toda la mañana revisando mi armario y es una locura todo lo que había allí. Y no es que estuviera ORDENADO, ni mucho menos. Básicamente he ido metiendo cosas en el armario desde que nos mudamos aquí.

Escarbar en mi armario ha sido como regresar a la INFANCIA. Y cuanto más profundizaba en ello, más retrocedía en el TIEMPO.

Las cosas que había junto a la entrada del armario eran basura que había echado allí el último año, como deberes o cómics. Pero en cuanto saqué eso, comencé a encontrar cosas de las que ya me había OLVIDADO.

Encontré un cohete de modelismo que me habían regalado al cumplir diez años, y mi disfraz de hace unos cuantos Halloweens. Y había un montón de cosas que ni recordaba que tuviera allí.

Al profundizar un poco MÁS, encontré algo que creía perdido desde hace AÑOS. Era una carpeta de pegatinas que coleccionaba en tercer grado.

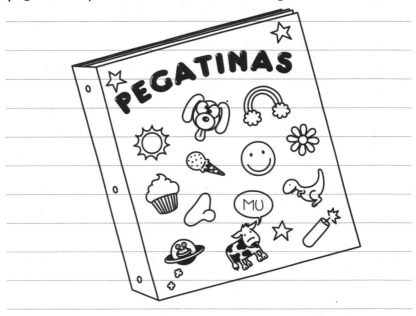

Me OBSESIONABAN las pegatinas, sobre todo aquellas de «raspa y huele». Coleccionaba los MEJORES olores, como chicle y algodón de azúcar y cosas de esas, pero también tenía algunos muy REPUGNANTES.

Así que si algún niño de mi calle quería saber a qué olían la caca de jirafa o un cacho de carne podrido, le bastaba con venir a VERME.

Un día de estos creo que voy a escribir mi AUTOBIOGRAFÍA y además incluiré pegatinas de «raspa y huele» para señalar diferentes momentos de mi vida.

Seguí ahondando y entonces encontré cosas de cuando iba a la GUARDERÍA, como un pez que hice recortando la silueta de la mano sobre un trozo de cartulina.

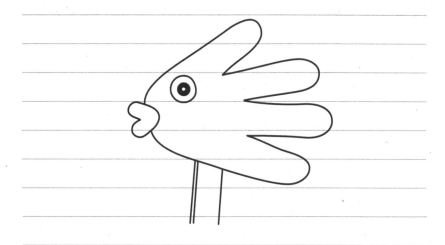

Por aquel entonces me ENCANTABAN las manualidades. Y si alguien trataba de ACOSARME por ello, terminaban con la cara llena de purpurina.

Otro proyecto que encontré en mi armario fue un regalo que hice para mi mamá en pre-escolar, aunque nunca se lo entregué. Era una flor de papel con una imagen de mi cara en el centro, pegada al palito de una paleta.

Cuando hice aquel engendro, lo puse en una pequeña maceta de barro llena de tierra. Pero aquel día me tropecé con el escalón de la entrada al volver de la escuela, y por eso no se lo pude dar a mamá.

Estaba CONTENTO de haber llegado por fin al fondo del armario, pero, para ser sincero, también estaba un poco DECEPCIONADO.

Cuando era pequeñito leí un libro sobre unos niños que podían visitar otro MUNDO totalmente diferente cruzando el armario, y yo siempre me preguntaba si podría hacer lo mismo con el MÍO.

Pero pensé que a quienquiera que viviera al otro lado no le haría ninguna gracia que yo me pasara años y años tirando mis TRASTOS allí dentro.

Cuando le dije a mamá que hoy había vaciado el armario por fin, me dijo que lo pusiera todo en tres montones: uno para guardar, otro para donar y un tercero para tirar. Pero supuse que, si tenía que salir de algunas de mis cosas, podría sacarles algún DINERO. Así que decidí hacer una VENTA DE GARAJE.

A mamá le pareció una GRAN idea. Así pues, me dio una revista que ofrecía todo tipo de consejos sobre cómo hacerlo BIEN.

Disfrutar en familia
¡ORGANICE UNA GRAN VENTA
de garaje!

LIBROS   JUGUETES

50 CONSEJOS Y TRUCOS

No obstante, todas las ideas de la revista eran cursis y anticuadas. En una sección te contaban cómo hacer carteles para atraer gente a tu venta de garaje, pero todos los ejemplos que mostraba eran muy ABURRIDOS.

Sabía que, si quería que la gente acudiera en masa a mi venta de garaje, necesitaba hacer algo más LLAMATIVO. Así que improvisé un cartel que iba a impactar.

> # ENCONTRADO UN BILLETE DE
> # 100 DÓLARES
>
> ## POR FAVOR, VENGAN AL
> # N.º 12 DE SURREY STREET
> ## PARA RECLAMARLO.

Hice unas cuantas copias de mi cartel y me dispuse a colgarlo por todo el vecindario. Pero mamá me detuvo antes de llegar a la puerta.

Mamá me puso a hacer un cartel más parecido a los de la revista, y, después de terminarlo, lo grapé por los postes de teléfonos de nuestra calle. Después lo arrastré todo desde mi habitación y comencé a organizarlo en unas cuantas mesas de plástico.

Cada mesa tenía su propia categoría, como «ropa», «libros» y cosas así. Pero había cachivaches que no sabía cómo clasificar, así que me puse creativo.

Tenía una colección de regalos de mis abuelos y familiares de su edad que no había TOCADO en la vida, así que los reuní todos en una mesa.

Magníficos regalos PARA nietos

También encontré un montón de tarjetas de cumpleaños muy bien conservadas. Así que tapé mi nombre con un poco de líquido corrector y las dispuse sobre una mesa.

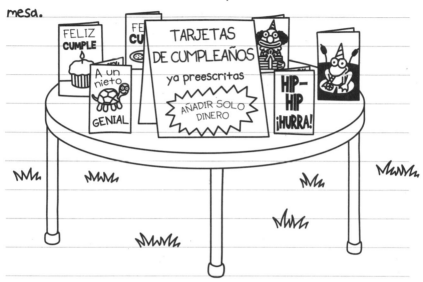

Puse todos mis juguetes rotos en otra mesa con la esperanza de que algunos niños que no supieran LEER acudieran a la venta de garaje.

Rellené unos calcetines de tubo con cosas como lápices roídos o canicas, y los enganché en otra mesa.

También dispuse una mesa llena de cosas para gente pudiente.

Coloqué todas mis viejas manualidades en su propia mesa, por si hubiera niños que necesitaran regalarles algo a sus padres pero no quisieran perder TIEMPO en eso.

Cuando estaba terminando, mamá salió para inspeccionar mi venta de garaje y pareció muy IMPRESIONADA. Pero añadió que debería quedarme con todo lo que hubiera hecho yo, pues eran objetos muy ESPECIALES.

Le dije a mamá que, si deseaba algo, siempre lo podría COMPRAR. Y ella me ofreció tres dólares por esa flor de papel que había hecho en pre-escolar.

Mamá parecía muy interesada por la flor, casi podría asegurar que para ella valía más de tres dólares. Así que le dije que por DIEZ dólares era suya.

Sin embargo, supongo que tenté demasiado la suerte, porque regresó adentro sin comprarme NADA.

Mientras esperaba a que acudieran los clientes, comencé a sentir cierta PREOCUPACIÓN. Todas mis cosas estaban al descubierto, y no tenía forma de impedir que la gente las ROBARA.

Así que se me ocurrió llamar a mi mejor amigo, Rowley Jefferson, y le pedí que bajara y fuera mi Agente de Seguridad.

Pero Rowley dijo que tenía que hacer algo con su papá esa tarde, así que no podía ayudarme con la venta de garaje.

Le dije que lo iba a ascender a JEFE de Seguridad, y que tendría el honor de llevar una PLACA. Por suerte, eso funcionó.

Tan pronto como Rowley llegó a casa, comenzó a preguntar por su PLACA. Todo lo que pude encontrar fue mi antiguo disfraz de bombero, pero parece que lo hizo sentirse importante.

Rowley preguntó qué se suponía que tenía que HACER un Jefe de Seguridad, y le respondí que limitarse a pasear crujiendo los nudillos para asegurarse de que a nadie se le ocurriera robar.

Pero Rowley no estaba atento a mis instrucciones: estaba distraído con la mesa que albergaba un montón de regalos de cumpleaños que él me había hecho a lo largo de los años.

Estoy completamente seguro de que la MAMÁ de Rowley se encargó de elegir los regalos, ya que todos ellos eran siempre EDUCATIVOS. Y su estado era impecable, porque ni siquiera los había ABIERTO.

No sé qué le molestó más a Rowley, si el que estuviera VENDIENDO estas cosas o el cartel que había puesto en la mesa.

Rowley dijo que no podía vender esas cosas porque se trataba de REGALOS. Le dije que eran MÍOS, así que podía hacer lo que ME DIERA LA GANA con ellos. Y empezamos a disputarnos un juego de imanes.

Entonces comenzaron a llegar los primeros clientes. Le dije a Rowley que ya hablaríamos de eso MÁS TARDE, pero que DE MOMENTO debíamos actuar como PROFESIONALES.

Al principio apareció poca gente, pero después de un rato vinieron muchas MÁS personas. Y cuando comenzaron a examinar la mercancía, me puse en modo vendedor.

A una señora pareció interesarle una moneda de coleccionista que me había regalado mi tío, pero se quejó de que estaba ABOLLADA. Improvisé una explicación: si estaba abollada era PORQUE había detenido una bala durante la Segunda Guerra Mundial.

Sin embargo, ella no pareció CREERME, tal vez porque la moneda tenía fecha del año pasado.

Derroché mucho tiempo tratando de cerrar aquel trato. Me preocupaba la posibilidad de que la gente me robara algo mientras no miraba. Por desgracia, mi Jefe de Seguridad era un completo inútil: no hacía otra cosa que jugar con los imanes.

Le dije a Rowley que tenía que empezar a hacer su TRABAJO o de lo contrario lo DESPEDIRÍA. Pero Rowley respondió que aquel no era un trabajo DE VERDAD, porque no era REMUNERADO.

Yo le expliqué que aún no había VENDIDO nada, y que no tenía DINERO para pagarle. Así que cuando me dijo que lo DEJABA, le di a elegir un objeto de la mesa y le dije que ESA sería su paga.

A Rowley pareció gustarle la idea, y pensé que SEGURO iba a escoger el juego de imanes. Pero en vez de eso fue derecho a la mesa de Objetos Raros.

Le expliqué que esas cosas estaban RESERVADAS
para clientes de PAGO, y que a lo mejor le interesaba
algo de la mesa de los Juguetes Maravillosos. Pero
Rowley no estaba dispuesto a CEDER.

Rowley se encaprichó con el Escudo Antivampiros.
Me pareció bien, porque en realidad solo era un
paraguas estropeado. Pero Rowley estaba tan
preocupado por los MURCIÉLAGOS que no se
podía concentrar en su trabajo.

Mientras Rowley hacía el tonto con su estúpido
paraguas, me pareció que un sujeto se llevaba una figurita
de la mesa de Objetos Coleccionables y se la guardaba en
el bolsillo. Corrí hacia él para encargarme del asunto.

Pero resultó que en los bolsillos de aquel tipo solo había pañuelos de papel usados y unas llaves de auto.

Me alegré por haber estado ALERTA, pues se avecinaba un DESASTRE mucho mayor. Una camioneta se había detenido junto a la acera, y un tipo de la calle Whirley comenzó a amontonar mis cosas en la parte trasera.

Le pregunté qué HACÍA, y respondió que, como al día siguiente se recogía la basura, creyó que se podía llevar todo lo que estuviera en la acera.

Pero no me dio tiempo a explicarle lo que es una venta de garaje, porque de pronto tuve que afrontar un problema aún MAYOR.

Había empezado a LLOVER, y todo el mundo volvía a sus autos.

Me preocupaba la posibilidad de no poder volver a reunir a tanta gente en la venta de garaje, y quería vender ALGO para que, por lo menos, todo el esfuerzo mereciera la pena. Así pues, decidí rebajarle el precio a todo el material.

Entonces empezó a llover DE VERDAD, y supe que tendría que adoptar medidas DRÁSTICAS.

Puse un montón de cosas en CAJAS, y lo REBAJÉ todo más aún. Pero ya era demasiado tarde.

Sabía que, si no metía la mercancía en el interior, se ESTROPEARÍA sin remedio. Así que le pedí a Rowley que protegiera con el paraguas los objetos más valiosos mientras yo corría al garaje para poner a salvo todo lo demás.

Pero Rowley no me ayudó en absoluto.

Dijo que su turno se había terminado, y que tenía que irse a casa.

Así que me había quedado solo. Intenté llevar una caja de libros de cómics al garaje, pero estaba EMPAPADA y el fondo cedió.

Hice unos cien viajes hasta meterlo todo en el garaje. Pero tal vez no debería haberme MOLESTADO, porque la mayor parte de las cosas ya se habían ECHADO A PERDER.

Sin embargo, imaginé que aún podía hacer UNA venta. Le dije a mamá que la flor de papel sería toda suya por tres dólares. Pero, por desgracia, para entonces ella había cambiado de opinión.

<u>Miércoles</u>

En realidad me ALEGRO de que nadie comprara nada en mi venta de garaje el otro día porque, si alguna vez me hago FAMOSO, ese material valdrá MUCHO más dinero del que yo pedía por él.

Me habría tirado de los pelos si hubiese vendido mis viejos deberes de la escuela por cincuenta centavos y después alguien los hubiera subastado por algunos miles de dólares.

Tal vez llegue el día en que conviertan la casa donde pasé mi infancia en un destino para excursiones escolares.

Y si ESO sucede, querrán contemplar las cosas que poseía de niño.

La razón por la que TODAVÍA no soy famoso es porque si eres un niño te tienen ocupado con la escuela y los deberes, y así no tienes tiempo de hacerte un NOMBRE.

Pero, de hecho, una de las pocas maneras en que un niño puede hacerse famoso es convertirse en HÉROE. Mis padres ven las noticias todas las noches, y siempre sale alguna historia sobre un chico que salva a alguien de asfixiarse o cosas así.

El problema es que oportunidades así no se presentan muy A MENUDO. Créanme: he tratado de estar en el lugar apropiado para que esas cosas sucedan.

Pero yo ya estaba más o menos cansado de ESPERAR, así que decidí forzar la situación y ASEGURARME de que me convertía en un héroe. Supuse que si salvaba a alguien del ataque de un perro, me harían una estatua y la pondrían en el parque de la ciudad, lo cual sería fantástico.

Rowley no parecía muy convencido con mi idea cuando se la expliqué. Pero cuando añadí que él también formaría parte del monumento, cambió de idea.

Saqué algo de tocino de la nevera e hice que Rowley se lo guardara en un bolsillo. Luego fuimos por el barrio en busca de PERROS.

ATRAJIMOS a algunos perros, aunque no del tipo que yo BUSCABA.

Aquella persecución canina puso a Rowley tan nervioso que se COMIÓ el tocino crudo, lo cual he oído que puede PERJUDICAR seriamente la salud. Así que les conté a sus padres lo que había sucedido, y ellos se lo llevaron al médico, por si acaso.

Supongo que, a fin de cuentas, le salvé la vida a Rowley. Si te paras a pensarlo, eso me convierte en una especie de héroe. Pero no sé si es el tipo de proeza que aparece en una estatua.

A lo mejor me estoy quedando muy CORTO con la idea de la estatua. Si hago algo REALMENTE grande, el día de mi cumpleaños será fiesta nacional.

Eso sí que sería formidable de verdad, porque nadie iría a la escuela ni a trabajar, y todo gracias a MÍ.

La cuestión es que nunca he PENSADO en la gente a la que se dedican las fiestas nacionales por las que nos quedamos en casa. Yo solo espero que, en MI festividad, la gente se pase todo el día reflexionando acerca de mi vida.

Pero con MI suerte estaré DESTINADO a que la usen como una oportunidad para vender muebles o cosas así.

Domingo

Ha llovido tanto que todo ha crecido de una manera demencial. Y eso es malo para mí, porque ME toca mantener nuestro jardín libre de malas hierbas.

Sin embargo, ignoro por qué mamá me adjudicó este trabajo, si sabe que no se me da nada BIEN. Me cuesta distinguir las malas hierbas de lo que se SUPONE que tiene que haber en el jardín, y arranco por error cosas que no debería arrancar.

RAS

Todavía no estoy convencido de que EXISTAN diferencias entre hierbas malas y buenas. Apuesto a que habrá quien piense que los ESPÁRRAGOS son malas hierbas, y en estos momentos un chico de mi edad se está partiendo el lomo para arrancarlos.

No entiendo por qué al CÉSPED no lo consideran una mala hierba, porque, desde luego, a mí ME parece que lo es. Pero gente como mi padre se pasa los fines de semana tratando de impresionar a sus vecinos con el césped.

Les diré algo: cuando tenga mi PROPIA casa, pienso PAVIMENTAR todo el jardín. Será otra manera de DISFRUTAR de los fines de semana.

Pavimentando el jardín me ahorraré un MONTÓN de dinero. Mi padre se gasta una FORTUNA en fertilizantes, y no creo que esas cosas sean BUENAS para la salud. La prueba es mi vecino Fregley, que siempre sale a su jardín después de que lo rocían.

Estoy seguro de que todos esos fertilizantes químicos pueden arruinarte los GENES. De modo que, si desarrollo un tercer ojo o algo así, será culpa de mis PADRES.

Cuando tenga mi propia casa, TODO será diferente. Y no estoy hablando solo del CÉSPED.

Antes CREÍA que deseaba vivir en una mansión, rodeado por una verja enorme. Pero después pensé que, si me hacía famoso, todo el mundo sabría dónde VIVO.

Así que mi NUEVO plan consiste en construir una casita muy PEQUEÑA que no llame demasiado la atención. Y lo MEJOR de todo estará BAJO TIERRA.

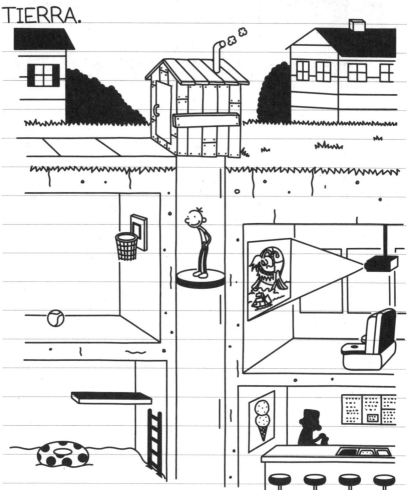

Tengo cierta idea acerca de lo que irá en cada nivel. De hecho, la semana pasada terminé el diseño de la quinta planta, que tal vez ya sea mi FAVORITA.

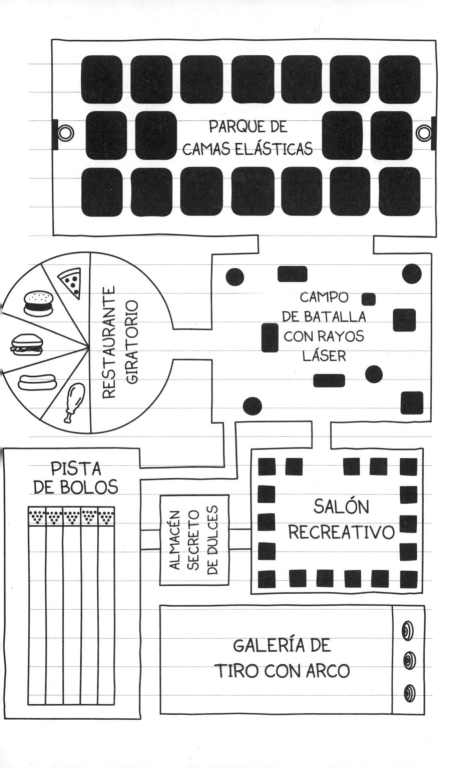

PARQUE DE
CAMAS ELÁSTICAS

RESTAURANTE
GIRATORIO

CAMPO
DE BATALLA
CON RAYOS
LÁSER

PISTA
DE BOLOS

ALMACÉN
SECRETO
DE DULCES

SALÓN
RECREATIVO

GALERÍA DE
TIRO CON ARCO

Sin embargo, me preocupa un poco la idea de vivir BAJO TIERRA, porque mi hermano Rodrick vive en nuestro sótano, y no estoy seguro de que eso sea SANO. Así que tendré un montón de pantallas que PAREZCAN ventanas para sentirme como en la superficie.

Mi casa va a ser GRANDE, así que me llevará un rato desplazarme de un sitio a otro. Por eso estoy planeando tener aceras móviles por todas partes.

Mi bañera estará hecha de cristal, y estará incrustada dentro de un acuario gigante de modo que pueda sentirme como si me estuviera bañando en el OCÉANO.

Mi sistema de seguridad será de SÚPER alta tecnología. He diseñado todo tipo de trampas para cualquiera que intente entrar.

Y si alguien consigue traspasar la puerta de entrada, lo esperaré en mi habitación del pánico, cuyas paredes de acero medirán un metro de grosor.

Puede que de vez en cuando celebre una fiesta o algo así para que la gente vea lo alucinante que es mi casa. Pero si se quedan hasta muy TARDE, dispondré de un sistema para deshacerme de ellos y devolverlos al nivel de la calle.

Todo esto será muy CARO, así que tardaré tiempo en ahorrar el dinero suficiente para hacerlo realidad. Pero supongo que no pasa nada si empiezo a planear AHORA mismo.

<u>Viernes</u>

Anoche iba a hacer los deberes cuando papá me llamó para que fuera al piso de abajo. Mamá estaba en la mesa de la cocina, y parecía muy disgustada.

Papá nos dijo que nuestra tía abuela Reba había fallecido mientras dormía. Pero tengo MUCHAS tías abuelas y al principio no podía recordar cuál era.

Mamá me aclaró que tía Reba era la que me escribía cartas indignadas cuando me olvidaba de mandarle notas de agradecimiento por enviarme dinero por mi cumpleaños. Y entonces supe EXACTAMENTE quién era.

Supongo que MANNY recordaba a tía Reba, porque también parecía entristecerlo su muerte.

Así que mamá le leyó un libro que ya ME había leído cuando se murió Meemaw.

Mamá tiene una ESTANTERÍA con estos libros de Preston el Ornitorrinco, y cada uno de ellos aborda un tema diferente. Sacaba uno cada vez que teníamos que afrontar situaciones NUEVAS.

Cuando encontré los libros en el armario de mamá, me los leí todos en una tarde. Aunque tal vez no debería haberlo hecho, porque esos libros me pusieron NERVIOSO.

En uno de los libros, Preston estaba triste porque un árbol de su jardín se había muerto y tenían que cortarlo. Bueno, cuando mis padres dijeron que debían talar un árbol muerto en NUESTRO jardín, fue un DESASTRE total.

Así que mis padres decidieron NO cortar el árbol. Pero al cabo de unas semanas, un vendaval derribó el árbol y se llevó por delante media terraza.

Todos los libros de Preston siguen la misma fórmula. Al principio, a Preston le preocupa algo y entonces su mamá le dice que las cosas irán BIEN, y resulta que tiene RAZÓN.

Supongo que yo seguía leyendo aquellos libros porque siempre esperaba que al final hubiera un GIRO. Y luego me decepcionaba que no lo HUBIERA.

Así que empecé a inventar mis PROPIOS finales para los libros. Y mamá me llevó al psicólogo cuando vio lo que había dibujado en la contraportada de «Preston el ornitorrinco va al zoológico».

<u>Sábado</u>

Hoy se celebró el funeral de tía Reba. Mamá dijo
que teníamos que ir porque tía Reba no tenía mucha
familia, así que debíamos acompañarla.

Nos dijo que teníamos que ir vestidos de NEGRO al
funeral, pero cuando Rodrick salió con la indumentaria
que había llevado a su último concierto de rock,
lo obligó a volver para CAMBIARSE de ropa.

Y por eso llegamos al cementerio con un cuarto
de hora de retraso. Cuando aparecimos por allí,
el servicio religioso ya había empezado, así que
nos limitamos a permanecer de pie detrás del
gentío. Nunca había estado TANTO tiempo
en un cementerio y eso me puso NERVIOSO.

Eso era porque Rodrick siempre decía que cuando estás en un cementerio debes contener la respiración para no absorber un FANTASMA. Bueno, conseguí contener el aliento todo lo que PUDE, pero no hubo MANERA de hacerlo durante todo el funeral.

Solo espero no haberme tragado un fantasma, porque la escuela ya es BASTANTE dura como para que encima te posea alguien del siglo XVI.

Algunas de las lápidas tenían citas labradas sobre la superficie, y eso me hizo pensar lo que me gustaría poner en la MÍA. Con un poco de suerte, justo antes de morir diré algo INTELIGENTE y grabarán MIS últimas palabras sobre mi tumba.

Pero también es probable que diga algo ESTÚPIDO, y de todos modos lo usarán.

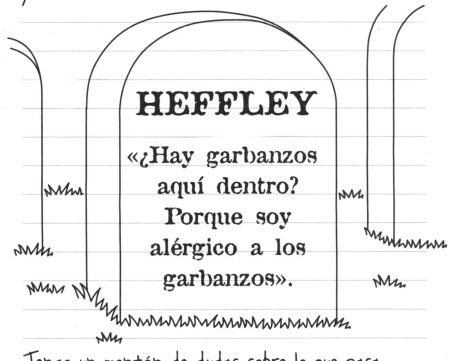

HEFFLEY

«¿Hay garbanzos aquí dentro? Porque soy alérgico a los garbanzos».

Tengo un montón de dudas sobre lo que pasa después de que te mueres. Por ejemplo, quiero saber qué ASPECTO tienes en la otra vida.

Si todo el mundo tiene el mismo aspecto de cuando fallece, entonces el Cielo será una especie de Leisure Towers.

También quiero saber qué llevamos PUESTO ahí arriba en el cielo. Si conservas la misma ropa que llevabas puesta al morir, espero en serio que no me ocurra nada malo en HALLOWEEN.

Les digo una cosa: quiero vivir tanto como me sea posible. Pero no me gustaría vivir PARA SIEMPRE.

Cuando ves una película sobre alguien que se vuelve INMORTAL, siempre hay alguna SORPRESA que lo echa todo a perder.

Cuando alguien es inmortal, siempre tiene que DISIMULARLO delante de los demás. Supongo que si la gente se entera de que no te puedes morir, te tratará como a un MONSTRUO o algo así.

Pero si yo fuera inmortal, no trataría de ocultarlo. De hecho, hablaría de ello siempre que PUDIERA.

En la escuela estudiamos las religiones del mundo y cómo cada una cree en diferentes cosas. En algunos sitios creen que, cuando te mueres, vuelves a nacer como OTRA persona.

Hay quien cree que puedes volver reencarnado en una criatura diferente, como un animal o un insecto o algo así. Y lo QUE seas al volver depende de si fuiste BUENO o MALO.

Bueno, eso en realidad me preocupa un poco, porque he hecho cosas de las que no me siento muy orgulloso.

Y si las PLANTAS tienen sentimientos, entonces podría tener un problema DE VERDAD.

Tengo la esperanza de estar a tiempo de hacer las cosas bien. Porque desde luego en mi próxima vida no quisiera regresar convertido en un escarabajo pelotero.

Mamá nos dijo que tía Reba no tenía mucha familia, pero al parecer tenía muchos AMIGOS, lo que explicaría que hubiera tanta gente en su funeral.

Bueno, debería empezar a añadir algunos nuevos amigos a MI lista personal, o de lo contrario muy pocos vendrán cuando me toque a mí.

Cuando terminó el funeral, todo el mundo comenzó a marcharse. Pensé que reconocería a ALGUNAS personas, porque sabía que tía Reba tenía un par de hermanas que aún están vivas. Pero no vi a NADIE conocido, lo cual era muy raro.

Mamá también parecía confusa. Cuando vimos que la gente empezaba a irse, nos dirigimos a la tumba. Y entonces nos dimos cuenta de que nos habíamos EQUIVOCADO DE FUNERAL.

Cuando llegamos a la tumba de tía Reba, la ceremonia se había terminado y todo el mundo se había marchado.

Todo lo que puedo decir es que espero que tía Reba estuviera mirando desde el cielo y le haya hecho gracia que nos hayamos perdido su funeral. Pero por lo que recuerdo de ella, no era el tipo de persona a quien le gustara reírse de NADA.

Lunes

Anoche, durante la cena, mamá dijo que debíamos
tener una reunión familiar. Y las reuniones
familiares nunca son muy DIVERTIDAS.

Mamá nos dijo que tía Reba llevaba una vida realmente
austera en un pequeño apartamento, pero que había
sido prudente con su dinero y había hecho algunas
inversiones muy inteligentes. No tenía NI idea de
por qué mamá nos contaba todo eso.

Pero entonces llegó el notición. Mamá dijo que tía Reba le había
dejado todo su dinero a su FAMILIA. Tardé un instante
en darme cuenta de que eso nos incluía a NOSOTROS.

Por lo visto, cuando te enteras de una noticia así,
se supone que no tienes que parecer CONTENTO,
porque imagino que es una falta de respeto con la
persona fallecida. Pero nadie nos dijo eso a nosotros tres.

Mamá nos tuvo que llamar al orden. Después dijo que debíamos discutir muy en serio qué hacer con la HERENCIA.

Pero yo sabía EXACTAMENTE cómo iba a gastar MI parte.

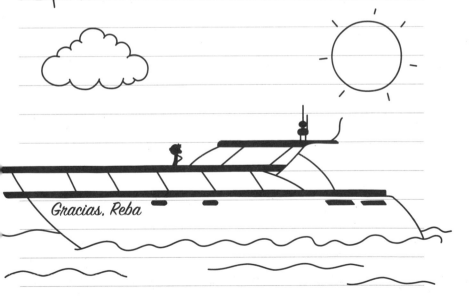

Gracias, Reba

Rodrick dijo que quería comprar un autobús para las giras de su grupo de rock, y papá quería comprar algunas figuras realmente caras para su diorama de la guerra de Secesión. Por alguna razón, Manny quería usar SU dinero para llenar su habitación con natilla de chocolate.

Pero mamá no prestó atención a nuestras ideas. Dijo que decidiríamos como una FAMILIA, y que lo que fuera que hiciéramos con el dinero tenía que resultar beneficioso para TODOS.

Entonces nos contó SU idea, que consistía en invertir el dinero en hacer REFORMAS EN LA CASA.

Todo el mundo encontró la idea muy ABURRIDA, excepto YO. Subí corriendo las escaleras para coger los planos de la casa de mis sueños, y se los mostré piso por piso.

Pero mamá dijo que el dinero que tía Reba nos había dejado no bastaría ni para pagar la pista de patinaje sobre hielo que yo había diseñado para el segundo piso. Entonces lo intenté con otras ideas MENOS costosas, como los sofás con inodoro incorporado.

Tampoco es que a mamá le entusiasmaran AQUELLAS ideas. Dijo que pensaba invertir el dinero en una AMPLIACIÓN. Bueno, esa idea ME sonó FORMIDABLE. Supuse que, si añadíamos dos niveles más al tejado de nuestra casa, entonces cada miembro de la familia tendría su propio PISO.

Rodrick quería convertir la ampliación en un estudio de grabación, y papá quería hacer las paredes de cristal para que todos los vecinos pudieran ver su diorama de la guerra de Secesión.

Manny tenía sus PROPIAS ideas acerca de la ampliación, pero creo que se trataba de la misma idea de la natilla de chocolate.

Por supuesto a mamá no le gustó ninguna de NUESTRAS ideas, y dijo que tenía un plan totalmente DIFERENTE de lo que debía ser la ampliación.

Mamá dijo que siempre había deseado tener una COCINA más grande y realmente le emocionaba usar el dinero para ESO.

Sin embargo, la idea no nos entusiasmaba a ninguno de nosotros, y seguimos devanándonos los sesos para sugerir OTRAS cosas que incluir en la ampliación.

Pero mamá se ENOJÓ. Dijo que ella era la única persona de la familia que le había enviado a tía Reba notas de agradecimiento por algo, así que ELLA decidiría cómo emplear el dinero. Y, por algún motivo, la conversación terminó ahí.

¿Ven? Por cosas así, dejar dinero a tus familiares es una mala idea. Todo el mundo se siente MISERABLE.

No pienso dejar NADA de dinero en herencia cuando me vaya. Me gastaré hasta el último céntimo, de modo que no quede nada por lo que la gente se pueda PELEAR.

Puedo GARANTIZAR que mis hermanos y yo discutiremos por cualquier herencia que obtengamos de papá y mamá. Y ya ESTOY preocupado de que no pueda recibir la parte que en justicia me corresponda.

Esto se debe a que, cuando aprendí a escribir mi nombre, Rodrick me hizo firmar un montón de papeles. Y quién SABE la clase de cosas que acepté en aquellos tiempos.

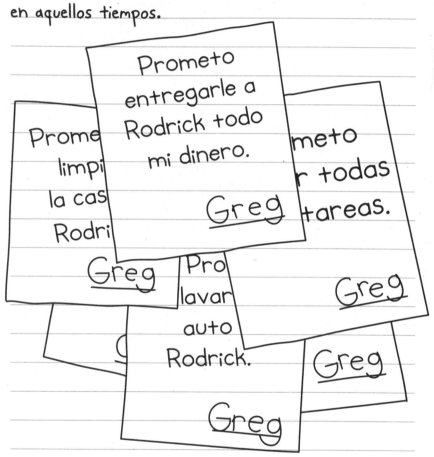

Prometo entregarle a Rodrick todo mi dinero.

Greg

Prome limpi la cas Rodri

Greg

meto r todas tareas.

Greg

Pro lavar auto Rodrick.

Greg

Greg

Rodrick siempre dice que él es el «primogénito», así que a él le corresponde heredar la casa y también todo el DINERO. Pero creo que eso ya no funciona así.

68

Si tuviera RAZÓN, entonces, me alegro de ser el SEGUNDO en el orden de sucesión y no el TERCERO. Manny no tendría NINGUNA posibilidad de recibir dinero con dos hermanos mayores delante de él. Y por este motivo siempre procuro guardarme las espaldas de ese niño.

Sábado

Una gran ventaja de la ampliación es que me
permite presumir ante Rowley durante el camino
a la escuela.

Le he dicho que nuestra nueva cocina tendrá
encimeras de granito y suelo de cerámica y
flamantes electrodomésticos. Pero en lugar de sentir
ENVIDIA, parece estar FELIZ por mí. Así que
no entiendo a qué juega.

La casa de Rowley es más nueva que la nuestra,
y también es mucho más GRANDE.

Y no me parece correcto, porque Rowley es hijo único, así que ni siquiera NECESITA tanto espacio.

Cuando Rowley se mudó aquí, le dije que lo JUSTO sería que intercambiáramos nuestras casas. A Rowley le pareció buena idea, pero por desgracia, a su papá NO. Y creo que por eso el señor Jefferson y yo empezamos con el pie izquierdo.

De cualquier modo, estoy ILUSIONADO de que empiecen las obras, porque será AGRADABLE disfrutar de más espacio. Pero supongo que habrá un montón de papeleo antes de empezar las obras propiamente dichas.

De todos modos, antes de que las obras comiencen, papá quiere arreglar algunas cosas, y que Rodrick y yo lo AYUDEMOS.

Papá dice que cuando tengamos nuestras PROPIAS casas, tendremos que hacer las reparaciones NOSOTROS MISMOS. Siempre le digo a papá que, para cuando tengamos SU edad, NO TENDREMOS que arreglar las cosas nosotros. Pero nunca parece dispuesto a escucharme.

Cuando papá intenta enseñarme a hacer algo nuevo, me cuesta seguir sus instrucciones. Hace un par de semanas nos mostró a Rodrick y a mí cómo se cambia un neumático, pero supongo que perdí el interés en cuanto empezó a hablar sobre las tuercas de las ruedas y la presión del aire.

A papá le frustraba que yo no le prestara atención, y me preguntó qué haría si me quedaba tirado en la cuneta de la carretera con una rueda pinchada. Le dije que estaba pensando en comprarme un SILBATO y que lo soplaría si alguna vez necesitaba ayuda.

De todos modos, supongo que fue una respuesta incorrecta, porque desde entonces papá está obsesionado por que yo aprenda a hacer las cosas POR MÍ MISMO.

Hoy, papá me dijo que iba a enseñarme a meter una <<serpiente>> en un desagüe, y ME pareció gracioso. Y cuando me enteré de que se trataba de un asunto de PLOMERÍA, se me pusieron los pelos de PUNTA.

Le tengo pánico a la plomería desde que era pequeño. Se debe a que escuché a mamá decirle algo a papá fuera de mi habitación cuando nos acabábamos de mudar.

ENTONCES ignoraba que mamá se refería a una sustancia blanquecina que hay entre los azulejos. Pero al oír la palabra <<horroroso>>, me vino a la mente algo terrible.

LA MASILLA

Como nunca había VISTO a la Masilla, imaginé que se ocultaba en las tuberías cuando yo entraba al baño. Así que los grifos y desagües me ponían muy nervioso.

GLUG

Tenía miedo de que un día la Masilla me agarrara de un tobillo cuando yo estuviera en la ducha y me arrastrara por el desagüe.

Y tampoco me sentía seguro en el baño de papá y mamá, porque me imaginaba que la Masilla podía reptar a través de las tuberías y atraparme también ALLÍ si quisiera.

Pensé que al menos podría impedir que la Masilla saliera por los grifos de casa si los BLOQUEABA. Así que me pasé un día recorriendo la casa y colocando globos en todas las salidas de agua, pero, ahora que lo pienso, fue una verdadera estupidez.

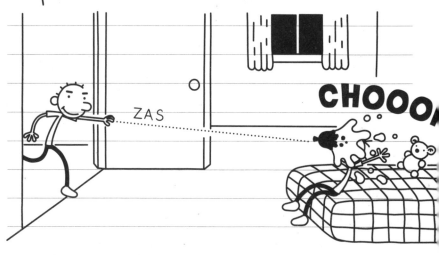

ZAS

CHOOO

Supe que necesitaba un modo de DEFENDERME de la Masilla si me atacaba mientras yo estaba en el baño. Y encontré el arma perfecta en el armarito de debajo del lavabo.

Desde entonces, si estaba en el baño, iba ARMADO.

Pero después empecé a preocuparme de que la Masilla se escapara del baño y me descubriera en el DORMITORIO.

Y a veces estaba seguro de que realmente estaba allí en la habitación CONMIGO.

Pero cuando me despertaba por la mañana, el monstruo se había IDO.

Por fin le dije a mamá que tenía miedo de la Masilla y que por eso no quería dormir solo.

A mamá le hizo mucha GRACIA y me aclaró lo que REALMENTE era la masilla.

Entonces me contó que los monstruos solo existen si CREES en ellos y que, si dejaba de pensar que la Masilla era real, entonces DESAPARECERÍA.

Me di cuenta de que eso era EXACTAMENTE lo que la Masilla QUERRÍA que yo pensara, y me pregunté si la Masilla no estaba fingiendo ser MAMÁ.

Así que a partir de entonces mantuve CERRADA con pestillo la puerta de mi habitación, por si acaso.

Supongo que al final DEJÉ de creer en la
Masilla. Bueno, al menos hasta el día de HOY,
en que papá destapó el desagüe y sacó una
masa de PELOS. Para MÍ, esa fue la prueba
DEFINITIVA.

Pasé el resto del día encerrado en mi habitación.
Y no pensaba SALIR de allí, así que papá tuvo
que desmontar las bisagras de la puerta con el
destornillador.

Ni siquiera sabía que se pudiera HACER eso. Así
que papá debería estar contento, porque, de hecho,
me enseñó algo NUEVO hoy.

<u>Domingo</u>

Esta mañana, papá nos despertó temprano a Rodrick y a mí y nos dijo que teníamos que acompañarlo a la ferretería. Añadió que nos esperaba un día repleto de tareas, y que necesitábamos conseguir algunos suministros.

Llevábamos tiempo sin ir a la ferretería; de hecho, la última vez que fuimos nos echaron de allí, porque Manny se hizo sus cosas en un inodoro que había en la sala de exposición.

Papá se fue a buscar piezas para arreglar la lavadora, y nos mandó a Rodrick y a mí a buscar otras cosas, como barniz de madera y brochas para pintar.

Oigan lo que les digo: si alguna vez nos invaden los zombis o algo por el estilo, me iré DIRECTAMENTE a la ferretería. Porque los artefactos que hay allí pueden hacer MUCHO daño.

De vuelta a casa, papá nos dijo a Rodrick y a mí que teníamos que barnizar la terraza. Añadió que teníamos que pintar alrededor del jacuzzi, que era demasiado pesado para desplazarlo.

Con franqueza, ojalá no hubiéramos COMPRADO el jacuzzi, porque ese mamotreto solo nos ha dado PROBLEMAS.

El invierno pasado, por culpa del jacuzzi casi me MATO, no UNA, sino DOS VECES.

Una noche se desató una gran tormenta y la correa que sujetaba la cubierta del jacuzzi se soltó. Así que papá me dijo que yo tenía que salir y ARREGLARLO.

Después de ponerme mi ropa de invierno, salí al exterior para ocuparme del asunto. La tapa del jacuzzi se agitaba como LOCA y no resultaba fácil luchar con ella para bajarla a su sitio. Y justo cuando pensaba que lo había CONSEGUIDO, una gran ráfaga de viento levantó la cubierta y se la llevó por los aires.

Pero yo todavía estaba sujetando la cubierta, así que salí volando CON ella.

Si no hubiera habido tres pies de NIEVE en el suelo, habría sido mi FINAL.

Después de comprobar que no me había roto ningún hueso, arrastré la cubierta por la nieve y subí las escaleras. Y cuando conseguí llegar ARRIBA, estaba completamente AGOTADO.

Pero ahí no acabó la cosa. La manguera del jardín que papá usaba para LLENAR el jacuzzi colgaba escaleras abajo, y se había CONGELADO. Así que cuando la PISÉ, resbalé hacia atrás, caí hasta ABAJO y casi me parto el cuello al aterrizar.

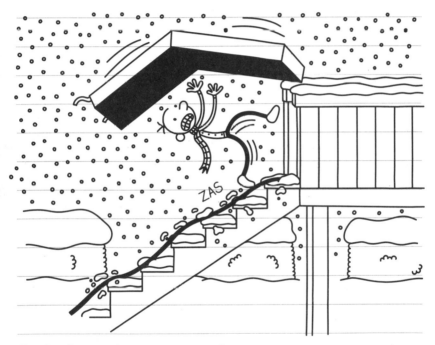

ZAS

Rodrick también tuvo problemas con el jacuzzi. Lo usó durante todo el invierno, pero adquirió la mala costumbre de quedarse DORMIDO cuando estaba dentro. Antes de irse a la cama por la noche, mamá siempre tenía que asegurarse de que él no siguiera allí.

Pero en una ocasión mamá se olvidó de chequear a Rodrick antes de irse a dormir, y a la MAÑANA siguiente se dio cuenta de que seguía ahí fuera.

La piel de Rodrick tardó como dos SEMANAS en alisarse y dejar de parecer una CIRUELA pasa. Y fue entonces cuando hicieron las fotos para el anuario de la escuela.

Rodrick Heffley

Hace unos meses, papá vació el jacuzzi, y DESDE entonces está sin agua. Solo espero que nos LIBREMOS de ese armatoste antes de que cause algún daño GRAVE.

Hoy, mientras barnizábamos la terraza cerca del jacuzzi, oí un zumbido y pensé que alguien había dejado encendido el calentador por accidente.

Así que levanté la cubierta para echar un vistazo. En cuanto lo HICE, supe que tenía un PROBLEMA.

Unas avispas habían construido un NIDO debajo de la tapa, y ahora estaban alborotadas. Si hacía el menor movimiento, me iban a PICAR. No sabía qué HACER, pero Rodrick tomó una decisión por MÍ.

Las avispas ENLOQUECIERON, dejé caer la tapa del jacuzzi y salí CORRIENDO como alma que lleva el diablo. De alguna forma, Rodrick y yo nos las arreglamos para llegar al interior sin que nos picaran.

Tuvimos mucha suerte, porque he leído que las avispas pueden picarte VARIAS veces, no como las abejas, que solo te pueden clavar UNA VEZ su aguijón.

Me pregunto qué se sentirá al saber que MORIRÁS si picas a alguien. Si yo fuera una abeja, me sentiría tentado de usar mi aguijón todos los DÍAS. SOBRE TODO si estuviera rodeado de abejas de mi edad.

Pero si me hubiera pasado toda la vida sin haber usado mi aguijón, estoy seguro de que habría acabado por ARREPENTIRME.

NOOO...

Esta tarde, papá quiso saber por qué Rodrick y yo no estábamos todavía afuera barnizando la terraza de atrás. Rodrick le contó lo de las AVISPAS, pero omitió la parte en que había destruido el avispero a manguerazos.

Entonces papá dijo que tenía otra tarea para nosotros en el jardín DELANTERO. Dijo que las canaletas estaban obstruidas y había que limpiarlas, así que tuvimos que ir a sacar la escalera del garaje.

Limpiar las canaletas es la tarea que MENOS me gusta, porque siempre ME toca trepar a lo alto de la escalera.

Papá ya no lo hace, porque la ÚLTIMA vez tuvo un incidente con una ARDILLA.

Y ahora es RODRICK el que se niega a subir por la escalera. Dice que lo tiene que hacer la persona que pese MENOS, porque si se CAE no se hará tanto daño.

Rodrick incluso dibujó un diagrama para mostrarme los fundamentos científicos del asunto. Y si suponía que eso me haría sentir MEJOR, NO lo consiguió.

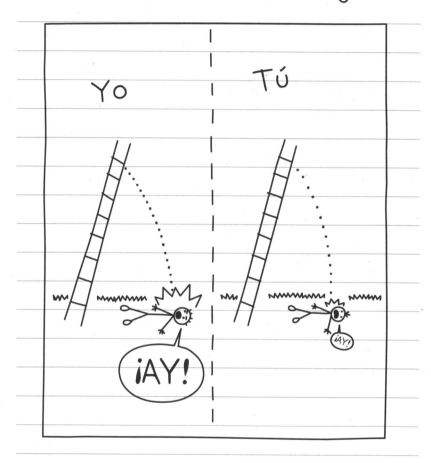

Sacamos la escalera del garaje y cargamos con ella hasta el jardín delantero. Después la apoyamos contra el tejado, y Rodrick sujetó la base para que no se moviera y yo pudiera trepar.

Cuando llegué a lo alto, empecé a traspasar porquerías de barro de las canaletas a la bolsa de basura que sujetaba con la otra mano. Eso significaba que no me podía apoyar en la escalera, y me costaba mantener el equilibrio.

Después de limpiar aquel sector, descendí y movimos la escalera a otro punto. Pero en mi cuarto ascenso, noté que la escalera parecía TAMBALEARSE algo más de lo normal.

Le grité a Rodrick para que sujetara la escalera abajo con FIRMEZA, pero no me contestó. Y cuando miré para ver si estaba entretenido con su teléfono o algo así, ni siquiera estaba AHÍ.

Y entonces fue cuando miré por la ventana del baño y
vi a Rodrick DENTRO DE LA CASA.

Di golpes en la ventana para llamar su atención.
Pero debí de inclinarme demasiado, porque
la escalera empezó a ladearse.

Era demasiado tarde para intentar regresar abajo, así
que el único lugar adonde podía ir era hacia ARRIBA.

Trepé hasta lo alto de la escalera y me agarré
al borde del tejado con ambas manos, y luego
conseguí subirme encima. Lo hice justo a tiempo,
porque nada más bajarme de la escalera, esta fue
a estrellarse contra el suelo.

Así que ahora me encontraba atrapado en el tejado y sin manera de bajar. Grité, esperando que papá o mamá pudieran oírme. Pero yo estaba bastante seguro de que papá seguía arreglando la lavadora, y no había visto a MAMÁ en toda la mañana.

Entonces divisé al señor Larocca sacando el cortacésped de su cobertizo, y pensé que estaba SALVADO. Intenté GRITARLE, pero el sonido del cortacésped le impedía escucharme.

Se me ocurrió llamar la atención del señor Larocca arrojando barro de las canaletas delante de su cortacésped para hacerlo detenerse y mirar hacia arriba.

Así que reuní algo de barro y apunté al sendero del señor Larocca. Pero supongo que no calculé bien la trayectoria, porque le acerté al cortacésped con un TIRO directo.

Créanme, no podría repetir un tiro así ni intentándolo CIEN veces.

PLAF

El señor Larocca detuvo el cortacésped y trató de averiguar de dónde PROCEDÍA el ataque. Decidí que, DESPUÉS de todo, estar atrapado en el tejado no era tan malo, y gateé hasta el otro lado para que él no me viera.

Me escondí detrás de la chimenea, que era el único lugar a la sombra que había en el tejado. Incluso allí, hacía mucho CALOR.

Sabía que la espera podía prolongarse, y al cabo de un rato empecé a preocuparme por una posible DESHIDRATACIÓN.

Así que me quité casi toda la ropa, porque no quería SUDAR demasiado. Pensé que, en caso de verdadera desesperación, podría escurrir alguna humedad de mis CALCETINES. Pero esperaba de corazón no llegar hasta ese extremo.

Sabía que, si no hacía algo para salvarme, al final me encontrarían en alguna foto de esas que se sacan desde un satélite.

Estaba demasiado alto como para saltar ABAJO, eso ni soñarlo. Incluso si conseguía aterrizar en la terraza trasera sin matarme, probablemente las avispas acabarían conmigo.

Entonces recordé que había una ventana en un costado de la casa, por encima del garaje. Así que me dejé caer poco a poco desde el tejado hasta la cornisa, que CASI estaba a mi alcance.

Por fortuna, la ventana estaba sin SEGURO. La abrí lo suficiente como para permitirme entrar, y me deslicé a través de ella.

La ventana conducía al baño de papá y mamá, y la
repisa quedaba directamente sobre el INODORO.

Puse un pie sobre el tanque del inodoro y luego
traté de poner el OTRO pie sobre la TAPA.
Pero no me percaté de que el asiento estaba
LEVANTADO hasta que fue demasiado TARDE.

PATACHOF

Ahora tenía el tobillo ATASCADO, y no podía
sacar el pie por más que lo intentara. Debí
de hacer demasiado ruido mientras trataba de
liberarme, porque entonces descubrí dónde había
estado MAMÁ todo ese tiempo.

No fue nada agradable explicarle la situación a papá cuando ÉL entró en el baño.

Así que no fue un día muy glorioso para mí. La buena noticia es que mamá dijo que, de ahora en adelante, las canaletas estarán a cargo de PROFESIONALES.

<u>Martes</u>

Resulta que no fui el ÚNICO a quien sustituyeron por alguien que sabe lo que hace. Le pasó también a PAPÁ.

Papá desmontó la lavadora, pero luego no pudo montarla de nuevo. Así que mamá hizo llamar al plomero para que lo hiciera.

Ha sido realmente incómodo vivir sin la lavadora. Hemos tenido que lavarnos la ropa a mano en la pila de la cocina, lo cual resulta muy penoso. Pero Rodrick encontró otro MÉTODO anoche, y metió su ropa sucia en el LAVAVAJILLAS.

Pues bien, el lavavajillas le LAVÓ la ropa sin problemas, pero no la SECÓ.

Y esta mañana, cuando Rodrick se marchó de casa para ir a la escuela, su ropa todavía estaba MOJADA.

Así que usó la furgoneta para AIREAR sus prendas y que se secaran camino a la escuela.

Por desgracia para Rodrick, eso llamó la atención de la POLICÍA, que lo hizo parar.

Por eso mamá obligó a papá a llamar a alguien para que arreglara la lavadora. Yo no me enteré hasta que pasé por delante del plomero en el cuarto de la lavandería.

El tipo debía de saber lo que TENÍA entre manos, porque arregló la lavadora y la puso en marcha.

Pero la cosa acabó más o menos mal cuando Manny intentó pagarle al plomero con la tarjeta de crédito de mamá.

Miércoles

Cuando esta tarde regresé de la escuela, había un montón de trabajadores y maquinaria pesada en nuestro jardín.

Yo estaba ENTUSIASMADO: eso significaba que la ampliación por fin se estaba haciendo REALIDAD.

Un tipo estaba utilizando una excavadora para hacer el hoyo de los cimientos, y era una LOCURA ver la POTENCIA que tenía esa máquina.

Una vez Rowley y yo intentamos excavar un agujero hasta China, y lo dejamos después de unas pocas horas. De haber tenido una de ESAS máquinas en nuestras manos, tal vez lo habríamos logrado.

Me pregunto si me dejarían coger la excavadora para dar una VUELTA. Podría usarla para hacer la más grandiosa broma que JAMÁS se haya visto en mi escuela.

Hoy ha hecho mucho calor, y creo que mamá se sintió mal por los tipos que estaban trabajando tan duro. Así que preparó algunas bebidas frías y salió a ofrecérselas.

Pero fue contraproducente, porque, después de aquello, los obreros comenzaron a entrar para usar el BAÑO.

Y cuando se formó una cola para el baño del piso de ABAJO, el tipo más grandote de la cuadrilla se dirigió escaleras ARRIBA en busca del otro baño.

Y aquel tipo llevaba una REVISTA en la mano, así que sospeché que no pensaba precisamente en el número uno.

Traté de DETENERLO, así que pulsé el botón del detector de humos para que se disparara.

Los obreros salieron de la casa muy DEPRISA, pero no fueron los ÚNICOS que creyeron hallarse ante una emergencia real.

MANNY también lo creyó. Cuando sonó el detector de humos, lanzó todos sus animales de peluche por la ventana de su cuarto, y luego saltó sobre el montón.

A papá y a mamá no les hizo gracia lo del detector de humos, pero TAMPOCO creo que les entusiasmara la idea de que todos los obreros utilizaran nuestros baños. Así que esta tarde mamá les ha encargado una letrina portátil, y todos contentos.

Viernes

Ayer la cuadrilla vertió hormigón en los cimientos, y hoy ha comenzado con la estructura de marcos de la ampliación. Me encantaba ver cómo todo iba encajando.

Por desgracia, papá notó mi interés por lo que estaba ocurriendo ahí fuera, y se le metió una IDEA en la cabeza.

Papá dijo que este proyecto era una ocasión inmejorable para que yo aprendiera de AUTÉNTICOS profesionales y adquiriera habilidades que podría utilizar más adelante.

No obstante, yo no estaba muy de acuerdo con ese plan.

La mayoría de los trabajadores de la construcción tienen las manos muy ásperas, ya que suelen trabajar con equipo pesado. Pero yo utilizo todo tipo de lociones y cremas para tener unas manos hermosas y SUAVES.

Y me gustaría que SIGUIERAN así, porque son mi cualidad más destacable.

Pero eso fue EXACTAMENTE lo que jamás debí decirle a mi papá, porque me mandó afuera sin boleto de regreso.

No entiendo por qué papá no mandó a Rodrick sino
a MÍ. Manny quería venir CONMIGO, pero papá le
dijo que era demasiado PEQUEÑO para ayudar.
Y Manny no se lo tomó muy bien que digamos.

Papá me dijo que encontrara a la persona responsable
y viéramos cómo podría yo ayudar. Así que
pregunté en la obra, y alguien me presentó
al CAPATAZ, quien se encontraba en su caseta.

Imagino que el capataz estaba demasiado ocupado como para tratar con un chiquillo, así que me dijo que buscara a un tipo llamado Buddy y que hablara con ÉL.

Bien, fue muy fácil encontrar a Buddy, sobre todo porque tenía su nombre tatuado en la frente.

Buddy estaba trabajando con algunos tipos en la estructura de madera, así que pensé que empezaría por decirles quién ERA YO. Pero no les impresionó como yo SUPONÍA que lo haría.

Les dije a esos tipos que estaba allí para
AYUDARLOS. Buddy repuso que tenía para mí
un trabajo REALMENTE importante: sujetar
el marco que acababa de construir.

DE HECHO, durante un rato me sentí importante,
al menos hasta que me percaté de que el marco que
sujetaba se sostenía en pie por SÍ MISMO.

Al comprender que se trataba de una BROMA,
supuse que así era como los obreros de la
construcción se toman el pelo entre ellos. Así que
tomé un martillo y le pregunté a Buddy si podía
clavar algunas tablas o algo por el estilo.

Buddy me dijo que eso sería ESTUPENDO, pero que había escogido un martillo para ZURDOS, y necesitaba encontrar uno para DIESTROS.

Estuve preguntando por la obra, y tardé un rato en darme cuenta de que también era una BROMA.

Comprendí que el asunto era que como yo era el más joven, los otros trabajadores no me RESPETABAN.

Supuse que les gustaría que me FUERA, pero no pensaba darles esa SATISFACCIÓN.

Decidí que me pondría A PRUEBA trabajando duro, y así ascendería de nivel. Y tal vez en un par de semanas tuviera a MIS órdenes a tipos como Buddy.

Así que fui por toda la obra averiguando en qué podría ayudar. Llené varios cubos de agua para los obreros que estaban haciendo la mezcla de hormigón, y aparté un montón de grava del camino para facilitar el paso de un camión.

PIII
PIII

A la hora del descanso para almorzar, me sentía muy SATISFECHO conmigo mismo. Pero no quería bajar la guardia y relajarme, porque de lo contrario esa gente se creería que soy un VAGO.

Así que cuando llegó el almuerzo, fui repartiendo por la obra los pedidos de todo el mundo. Y eso me hizo muy POPULAR.

Un tipo llamado Luther tenía una tanda de hormigón a medio mezclar, así que yo tenía que esperar antes de entregarle su sándwich de albóndigas. Para ofrecerle ayuda extra, se lo desenvolví para que pudiera comérselo cuando terminara.

Pero no presté ATENCIÓN y las albóndigas se salieron del pan y cayeron en un cubo de hormigón líquido.

Luther no parecía la clase de persona a quien le pudiera hacer gracia un sándwich de albóndigas sin ALBÓNDIGAS. Así que tiré el RESTO del sándwich en el cubo y me salí pitando de ahí.

Menos mal que me fui de allí cuando lo HICE. Porque
Luther acusó a Buddy de haberle robado su sándwich
de albóndigas y la cosa se puso muy FEA.

Me escabullí hacia la casa y cerré la puerta detrás
de mí. Y cuando papá me preguntó por qué no
estaba TRABAJANDO ahí fuera, le contesté que
lo había DEJADO.

<u>Domingo</u>

Las reformas iban francamente bien hasta que
nuestros VECINOS empezaron a quejarse. Al
señor Larocca le molestaba el RUIDO, porque
trabaja en el turno de noche del hospital
y tiene que dormir durante el día.

Así que mamá les ha pedido a los trabajadores que
traten de ser más silenciosos, pero eso no resulta
fácil cuando trabajas con MARTILLOS.

Nuestra otra vecina de al lado, la señora Tuttle,
TAMPOCO está contenta con las obras.

Al parecer, uno de los trabajadores invadió su parcela con una carretilla y aplastó algunas de sus flores, y ahora quiere que se las REPONGAMOS.

Pero la cosa no se limita a nuestros vecinos más CERCANOS. La señora Rutkowski vive al otro lado de la calle en diagonal. Su gato debió de meterse en nuestro jardín y pisó un clavo. Así que les dijo a papá y mamá que tenían que pagarle el VETERINARIO.

Todas estas quejas no consiguen más que RETRASAR las cosas y PROLONGAR el proyecto. Y la única persona que parece hacer AVANCES por aquí es MANNY.

Encontró en el sótano una caja de herramientas de juguete, y sacó unos restos de madera del contenedor. No estoy seguro de lo que está construyendo en la parte de atrás, pero parece muy IMPRESIONANTE.

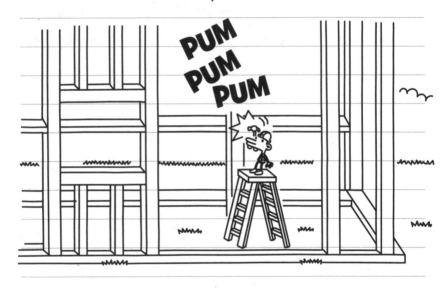

PUM
PUM
PUM

Decididamente, el contenedor de basura es lo mejor de este proyecto. Cuando la papelera de mi habitación está llena de basura, me limito a vaciarla en el contenedor, que está justo debajo de mi ventana.

Lo que es incluso todavía mejor que ESO es lo fácil que resulta ahora cuando tengo que sacar la basura los domingos por la noche. Me han encomendado etiquetar las bolsas de basura y luego bajarlas a la acera.

Y esto es enormemente incómodo, sobre todo cuando LLUEVE.

Pero con el contenedor, no tengo que preocuparme de las ETIQUETAS. Puedo lanzar las bolsas directamente.

Aunque esta noche cometí un error estúpido. No quería sacar cada bolsa de basura del cubo, así que intenté vaciar el cubo de una sola vez sobre el contenedor.

Por desgracia, no me di cuenta de lo PESADO que era el cubo, y no fui capaz de elevarlo sobre el borde del contenedor. Así que todo el cubo de la basura se inclinó hacia atrás, y la basura se salió de las bolsas.

Así que ahora había basura por TODAS PARTES, y tuve que volver a poner los desperdicios en las bolsas.

Para COLMO, era una noche con mucho viento, así que la basura salió volando por TODOS LADOS. Y no fue divertido tratar de perseguir todo aquel material en la oscuridad.

Me pasé una hora recogiendo basura de los arbustos del señor Larocca. Pero debería haber recordado que trabaja en el turno de noche y sale a esas horas.

Lunes

Anoche me fui a dormir supertarde, porque tuve que tratar de convencer al señor Larocca de que no intentaba decorar su parcela con papel higiénico.

DE VERAS desearía haber dormido bien anoche, porque esta mañana tuvimos un largo examen en la escuela, y no creo que lo hiciera demasiado bien.

Era uno de esos exámenes que tenía que hacer toda la ESCUELA. Los profesores se han pasado SEMANAS tratando de prepararnos, porque al parecer las notas son muy IMPORTANTES.

Supongo que el año PASADO nuestra escuela salió muy mal en este examen, y si eso VUELVE a suceder recortarán el presupuesto. Y eso significa que algunos profesores podrían perder sus EMPLEOS.

Además tendrían que suprimir algunos programas, como Arte y Música. Desearía que los ESTUDIANTES pudieran decidir qué se recorta, porque si yo pudiera elegir hace rato hubiera sacrificado la Educación Física.

ZIN

¡UUF!

Así que los profesores han estado muy preocupados por este examen, y las últimas semanas no han sido muy DIVERTIDAS que digamos.

Toda esta presión ha hecho que los ESTUDIANTES también estemos estresados, así que la semana pasada la escuela trajo a la biblioteca un cachorro antiestrés, para ayudar a todo el mundo a relajarse. Pero los chicos lo sobaron demasiado y el CACHORRO también se estresó.

El cachorro empezó a correr haciendo círculos y a orinarse por todas partes. Así que la escuela se lo llevó y lo sustituyó por un lagarto antiestrés, y nadie quería TOCAR esa cosa.

Hablando de estrés, no me apetecía para nada volver a casa esta tarde, porque sabía que iban a hacer un boquete en la pared para conectar con la ampliación. Y para ser sincero, aquello me ponía NERVIOSO.

Me preocupaba que pudieran cortar alguna TUBERÍA sin querer, y de verdad que no quería estar por allí cuando ESO sucediera.

Rodrick pensó que iban a emplear una BOLA DE DEMOLICIÓN para derribar el muro, y había planeado grabar un video musical con su grupo cuando lo HICIERAN.

Así que Rodrick y sus compañeros de banda se llevaron una decepción cuando llegaron allí y los obreros abrieron la pared con una sierra eléctrica.

No vi señal alguna de la Masilla, lo CUAL me alivió. Pero lo que los obreros se encontraron en el interior de los muros estaba MAL.

La madera del revestimiento estaba PODRIDA, por una filtración originada por las canaletas obstruidas. Y también había moho tóxico en las paredes, así que que hemos vivido con ESO durante todo este tiempo.

Además, había nidos de roedores en el interior de los muros, lo que significa que hemos compartido casa con una colonia de RATONES.

Resulta sobrecogedor pensar que existe todo un MUNDO viviendo dentro de nuestras paredes sin que nosotros lo sepamos. Y por eso he decidido que cuando construya mi primera casa, será 100% de CRISTAL.

Viernes

Desde que abrieron el muro, no dejamos de encontrarnos excrementos de ratones sobre las encimeras de la cocina. Y eso quiere decir que ahora los ratones están viviendo al AIRE libre.

Mamá dice que no podemos dejar ningún resto de comida fuera, porque entonces los ratones se subirán a las superficies donde COMEMOS. De modo que tratamos de mantenerlo todo muy LIMPIO, y yo he puesto todas nuestras meriendas fuera del alcance de los ratones.

Papá ha estado buscando sistemas para deshacerse de los ratones sin hacerles DAÑO. Pero Rodrick tiene sus PROPIAS ideas. Quiere comprar una SERPIENTE y que la naturaleza siga su curso.

Cuando mamá le preguntó qué haríamos una vez que la serpiente se hubiera comido a los RATONES, él dijo que compraríamos una MANGOSTA para cazar a la serpiente. Así que recuérdame no visitar la casa de RODRICK cuando sea mayor.

CHAS

Sin embargo, los ratones no son nuestro ÚNICO problema. Ahora tenemos también AVISPAS dentro de la casa. Anoche mamá encontró una sobre el mantel de encima de la chimenea, y había otra volando por la cocina a la hora del DESAYUNO.

BZZZZZ

No podemos explicarnos cómo se habrán colado ADENTRO, así que dejamos las ventanas cerradas y no abrimos la puerta de entrada a menos que sea NECESARIO.

Mamá cree que podrían estar entrando por debajo de la lona impermeable que cubre el lateral de la casa, así que esta noche envió a papá para que se asegurara de que no había ningún espacio por el que pudieran pasar.

Pero a papá no le hizo ninguna gracia, porque había una TORMENTA.

Yo lo habría AYUDADO, pero tenía miedo de que un RAYO me cayera encima. En la escuela, Albert Sandy nos habló de un muchacho a quien alcanzó un rayo cuando salió en una canoa, y ahora está SOBRECARGADO de electricidad.

Bueno, todos los de mi mesa pensaron que eso sonaba ESPECTACULAR, pero sabía que, si me hubiera ocurrido a MÍ, todo el mundo me utilizaría para recargar los móviles.

Rodrick tenía una teoría sobre cómo estaban entrando las avispas, pero sonaba a auténtica LOCURA.

Explicó que hay todo TIPO de avispas, como las avispas papeleras o las avispas alfareras. Añadió que posiblemente tengamos avispas de las ALCANTARILLAS, y que estén entrando por los INODOROS.

Bueno, era la primera vez que oía hablar de las avispas de las alcantarillas, pero voy a tomar PRECAUCIONES.

El caso es que ahora tenemos un problema con los roedores y otro con los insectos, y no estoy seguro de cuál es PEOR. No sé por qué motivo no nos invade alguna plaga más TIERNA. Porque si nos hubieran invadido unos KOALAS, para mí no supondría el menor problema.

Sábado

La semana pasada los obreros tuvieron que desconectarnos el aire acondicionado para traer otro aparato más grande. Así que por ahora todos estamos durmiendo en el sótano, porque es el único lugar de la casa donde está FRESQUITO.

Comprendo ahora que a Rodrick le guste dormir ahí abajo, SOBRE TODO en verano. Sin embargo, no me emociona estar bajo tierra, lo cual me hace replantearme todo el proyecto de la casa de mis sueños.

Papá dice que cuando él era niño, algunas personas construían BÚNKERES donde poder refugiarse en caso de que hubiera una guerra nuclear o algo parecido.

Bueno, vivir en un reducido espacio subterráneo con toda mi familia me parece TERRIBLE. Para empezar, las meriendas se acabarían al segundo día. Y si solo dispusiéramos de un baño allí, tendríamos un problema muy SERIO.

Supongo que habría un periscopio, de modo que sabríamos si la superficie estaba despejada. Pero si el periscopio se BLOQUEARA, no habría manera de saber si todo estaba BIEN para regresar ARRIBA.

Papá dice que la gente todavía construye búnkeres para ponerse a salvo en caso de desastres naturales, como por ejemplo un TORNADO. Bueno, esta mañana creí que estábamos sufriendo un TERREMOTO, y el ÚLTIMO lugar donde quería estar era bajo tierra.

Pero el motivo del temblor era que los trabajadores estaban manejando un MARTILLO NEUMÁTICO.

RA-TA-TA-TÁ

Estaban levantando nuestro ANTIGUO camino al garaje para hacer uno NUEVO, y yo estaba seguro de que los vecinos no iban a estar nada contentos con todo ese RUIDO. Sobre todo el señor Larocca, que acababa de volver de su turno de noche en el hospital.

RA-TA-TA-TÁ

Pero a mí me EMOCIONABA el nuevo camino de entrada al garaje. El viejo pavimento se encontraba muy deteriorado, así que no se podía USAR para nada. Y puede que eso sea lo que me ha impedido convertirme en un atleta profesional durante todo este tiempo.

Cuando retiraron los escombros y llegó el camión para verter el hormigón fresco, empecé a ponerme NERVIOSO.

Hay un montón de chicos en mi vecindario que son unos auténticos CRETINOS, y si ven el cemento húmedo empezarán a escribir estupideces en él.

Por si eso no fuera suficiente, últimamente los GATOS de la señora Rutkowski vienen mucho a nuestro jardín a cazar RATONES, y yo no quería ver una colección de huellas de patas en el cemento fresco.

Así que después de que los obreros terminaron, patrullé el recinto para asegurarme de que nadie LO pisara.

PAM
PAM

Estuve vigilando la CALLE, pero resulta que debería haber centrado mi atención en el GARAJE.

Oí cómo se abrió la puerta del garaje, y Rodrick empezó a sacar su FURGONETA. Traté de DETENERLO, pero tenía la música demasiado alta como para oírme.

No podría CREER que nadie en casa hubiera advertido a Rodrick sobre el camino del garaje. Pero resulta que tenían una excusa realmente buena, porque estaban afrontando un problema mucho más SERIO.

Salía HUMO por las ventanas del primer piso, y ya se oían las SIRENAS a lo lejos. ¡Madre mía!

Máma huyó corriendo por la puerta principal,
y papá salió detrás de ella.

Diez segundos después, un CAMIÓN DE BOMBEROS
se paró junto a la acera y un par de bomberos se bajaron de él.

NINONINONINONINO

Atravesaron a la carrera el césped y el sendero del jardín, que los obreros acababan de terminar.

Entonces fue cuando todos se dieron cuenta de que MANNY todavía estaba adentro. Pero por suerte él ya estaba ENTRENADO para situaciones como aquella.

La BUENA noticia es que no había FUEGO, solo mucho HUMO. Pero la mala noticia es que había sido por MI culpa.

Hace unos días, cuando estábamos colocando la comida en sitios donde los ratones no pudieran alcanzarla, escondí algo de picar en el HORNO.

Así que cuando esta mañana mamá precalentó el horno para poner el tocino, la bolsa de plástico se DERRITIÓ. Es una LÁSTIMA, porque fue un desperdicio de papitas fritas en perfecto estado.

Y esta fue sin duda una de esas ocasiones en que podría haber usado la ruta de escape del fondo de mi armario.

Miércoles

Lo crean o no, papá y mamá ya han pasado página a todo el episodio de la bolsa de papitas fritas. Y esa es una buena noticia para MÍ.

Pero la RAZÓN de que lo hayan olvidado es una MALA noticia.

Hace unos días, un inspector de obras vino para comprobar la estructura de la ampliación.

Y al HACERLO, encontró que la estructura estaba casi tres PIES demasiado cerca del límite de la propiedad de la señora Tuttle.

Supongo que la empresa de construcción metió la pata al elaborar los planos de la ampliación, pero el ayuntamiento no detectó el error cuando concedió el permiso. Así que ahora se señalan unos a otros, y nadie acepta su parte de responsabilidad.

El inspector de obras nos dijo que lo único que se podía hacer AHORA era conseguir que nuestra vecina de al lado firmara un papel diciendo que teníamos permiso para construir la estructura cerca del límite de su propiedad. Pero eso no iba a ser FÁCIL.

El otro día, cuando los tipos del hormigón regresaron a hacer el camino de entrada al garaje y el sendero del jardín, instalaron la mezcladora de cemento sobre el césped. Pero olvidaron que estamos en una CUESTA, porque la máquina se desniveló y vertió el hormigón líquido directamente sobre el JARDÍN de la señora Tuttle.

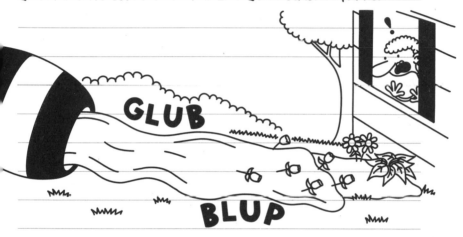

Así que cuando papá y mamá le pidieron permiso a la señora Tuttle para conservar nuestra ampliación donde ESTABA, ella no estaba dispuesta a hacerles el favor.

La señora Tuttle se CERRÓ EN BANDA, y el ayuntamiento les dijo a papá y a mamá que había que DERRIBAR toda la estructura. Y eso fue exactamente lo que sucedió esta tarde.

Así que ahora TODO EL MUNDO está triste, excepto MANNY. HOY ha terminado de trabajar en SU puesto, y lo ha celebrado con una fiesta de inauguración.

JUNIO

Jueves

Mamá está realmente de pésimo humor desde que nos tumbaron la ampliación.

Supuse que la empezarían de nuevo y que esta vez la construirían BIEN. Pero mamá dijo que ya nos habíamos gastado casi toda la herencia de tía Reba en la obra y tendríamos que destinar el RESTO a reparar el lateral de la casa.

Así que mamá YA estaba de mal humor cuando llegaron por correo los resultados de mi examen, que no ayudaron en nada a animarla.

Aunque no fui solo YO quien obtuvo una mala nota. Toda la CLASE lo había hecho fatal, y ahora les diré el PORQUÉ.

En mitad del examen, algún niño dejó salir al lagarto antiestrés de su caja, y resulta realmente difícil CONCENTRARSE cuando hay un REPTIL por ahí suelto.

Así que supongo que a la escuela le recortarán el presupuesto, y eso a mamá no le hace NINGUNA gracia.

De hecho, está tan disgustada que dice que deberíamos MUDARNOS a un distrito escolar en mejores condiciones.

Pero nadie más quiere mudarse a otra ciudad. Papá se crio aquí, y dice que no ve ninguna RAZÓN para mudarse.

Y RODRICK tampoco quiere irse. Dice que su grupo es FAMOSO en nuestra ciudad, y que no desea empezar de cero en otra parte. Pero no debe de SER tan famoso cuando su último concierto se celebró en una bolera.

Rodrick dice que no se mudará NUNCA, y que aunque TODOS los demás lo hiciéramos, él seguiría en el sótano.

Lo cierto es que si viniera una familia nueva a esta casa, Rodrick ni siquiera lo NOTARÍA.

Tampoco creo que MANNY tenga intención de irse a ninguna parte. Acaba de instalar un sistema de aspersores, y su jardín se está poniendo realmente bonito.

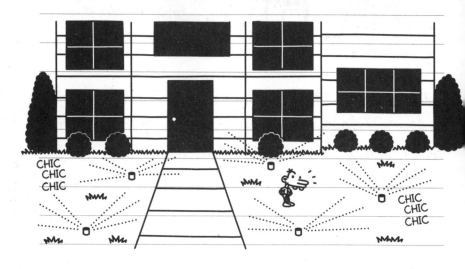

A decir verdad, no sé qué me parece la idea de mudarme. Supongo que estoy a gusto donde vivimos ahora, pero tal vez no sea tan mala idea empezar de nuevo en OTRO lugar.

Lo mejor de mudarse es que, cuando vas a un sitio nuevo, puedes decidir quién quieres SER.

Podría cambiar de IMAGEN, y la gente pensaría que soy un «chico malo».

Incluso podría adoptar una nueva PERSONALIDAD, y decirle a todo el mundo que me dedico al snowboard de manera profesional, o algo así.

¿QUÉ VAS A HACER ESTE FIN DE SEMANA?

¡BOMBEAR Y DERRAPAR COMO UN LOCO, PAPANATAS!

Pero puede ser que vaya incluso más lejos que ESO. Podría fingir que soy de otro PAÍS donde no hablan inglés.

Y entonces impresionaría a mis profesoras cuando simulara aprender algunas frases nuevas.

La verdad es que es muy DIVERTIDO imaginarse una vida completamente nueva en un sitio diferente.

Cuando iba a primaria, solíamos jugar al C.L.O.S., que es un acrónimo de Casa, Lugar, Ocupación y Sueldo. El juego consistía en escribir posibilidades para mi futuro, tirando dados una y otra vez y tachando en un papel todas las opciones hasta dejar solo una de cada categoría.

Hace unas semanas encontré en mi armario mis antiguas hojas C.L.O.S. de cuando iba a quinto grado.

C.L.O.S.

Casa	Lugar
~~Mansión~~	~~Montaña~~
(Apartamento)	(Desierto)
~~Choza~~	~~Selva~~
~~Chalé~~	~~Iceberg~~

Ocupación	Sueldo
~~Médico~~	~~$1.000.000~~
(Guardián de zoológico)	~~$100.000~~
~~Plomero~~	($1.000)
~~Mago~~	~~0 dólares~~

Esposa	N.º de hijos
~~Holly~~	~~0~~
~~Becky~~	(1)
(Erin)	~~4~~
~~Ninguna~~	~~20~~

Siempre que jugábamos, esperaba obtener un resultado perfecto. Pero incluso si elegía una buena opción en la mayoría de las categorías, siempre había una cosa que lo estropeaba TODO.

Ocupación	Mascota
~~Chef~~	~~Perro~~
~~Abogado~~	~~Oso panda~~
~~Pintor~~	(Gato)
(Estrella del rock)	~~Serpiente~~

Núm. de hijos	Lugar
~~0~~	~~Montaña~~
(1)	~~Ciudad~~
~~3~~	(Iceberg)
~~10~~	~~Bosque~~

Uno de los motivos por los que me gustaba tanto jugar al C.L.O.S. era que me proporcionaba una ocasión inmejorable para relacionarme con las niñas durante el recreo. Y la niña que MÁS me gustaba por aquel entonces era Becky Anton.

Así que en ocasiones hacía PEQUEÑAS trampas cuando rellenaba las categorías de C.L.O.S. para garantizarme un buen resultado.

Esposa
~~Becky~~
Becky
~~Becky~~
~~Becky~~

A estas alturas, a Becky le cuesta RECONOCERME, a pesar de que somos compañeros en el laboratorio de Biología. Aún creo que debería comentarle que en teoría nos CASAREMOS algún día, pero nunca encuentro el momento apropiado.

Esa es OTRA buena razón para mudarme.
Podría mejorar SERIAMENTE mi situación
SENTIMENTAL. Porque si hay algo que les
encanta a las niñas, es un chico NUEVO.

Kelson Garrity era el chico nuevo al principio de
este año. Y cuando llegó, las chicas se volvían
LOCAS por él.

Bien, tardaron un par de semanas en darse cuenta
de que Kelson era un poco RARO, y ahora las niñas
ni se le ACERCAN. Pero mientras tanto disfrutó
de una buena racha.

Así que tal vez haya un MONTÓN de buenas razones para mudarse. De hecho, el único INCONVENIENTE es que tendría que encontrar otro MEJOR AMIGO.

Y no sé si VALDRÍA la pena. He invertido mucho tiempo y energías en Rowley, y me resulta difícil verme a mí mismo empezando con alguien NUEVO.

¿SABÍAS QUE SI TU MANO ES MAYOR QUE TU CARA ES UN SIGNO DE «BAJA INTELIGENCIA»?

¿DE VERDAD?

Pero si AL FINAL nos mudamos, tengo toda una lista de REQUISITOS para futuros mejores amigos.

En PRIMER lugar, tienen que preferir OBSERVAR a alguien jugando con los videojuegos antes que ponerse a jugar.

En SEGUNDO lugar, sería estupendo que supiera DIBUJAR. Porque me encanta inventar cómics y todo eso.

Y en TERCER lugar, debe tener cereales azucarados en su casa. No sé si podría ser amigo de otro chico cuyos padres estén obsesionados por la alimentación saludable.

Pero lo más importante, debe tener un excelente sentido del HUMOR. Porque si algo debes saber sobre mí es que soy un bromista incorregible.

<u>Sábado</u>

Pues resulta que mamá va EN SERIO con la idea de mudarnos. Todas las noches se pasa el tiempo buscando casas en internet, y YO TAMBIÉN estoy metido en el asunto.

Sin embargo, cada sitio que miramos tiene algún INCONVENIENTE. Había una casa con un gran jardín trasero, pero estaba muy cerca de una planta de tratamiento de aguas residuales. Y otra que era acabada de construir, pero solo tenía un baño. Estábamos a punto de tirar la toalla cuando encontramos un lugar que parecía PERFECTO.

La casa de sus sueños

3.000 pies cuadrados en vecindario selecto. 4 hab. 2,5 baños, pisos de madera e iluminación moderna

La casa es casi nueva, y parece estar en un vecindario agradable. Pero lo que más emocionaba a MAMÁ era su enorme COCINA.

Mamá miró el nivel de las escuelas, y las calificaciones de los exámenes eran muy buenas. Entonces llamó a la inmobiliaria para averiguar cuándo podríamos ir a VER el lugar.

La agente de la inmobiliaria dijo que la casa estaría abierta al público este fin de semana, y que podríamos passar por allí. Así que esta mañana mamá nos dijo que nos subiéramos al auto para ir a visitar la casa.

A nadie le hizo mucha GRACIA la idea, porque, como ya he dicho, el resto de la familia no quiere MUDARSE.

Pero cuando llegamos, todo el mundo empezó a cambiar de opinión.

La agente inmobiliaria nos dejó pasar y nos enseñó toda la casa, que era MUCHO más agradable que la nuestra. Y la cocina era incluso más grande de lo que parecía en las FOTOGRAFÍAS.

Pero lo que realmente me llamó la atención fue la PISCINA del jardín.

Rodrick y Manny debieron de descubrirla antes que yo, porque ambos ya estaban allí fuera cuando bajé las escaleras de la parte de atrás.

SIEMPRE les hemos insistido a papá y a mamá para que pongan una piscina en nuestro jardín. Y siempre replican que el jacuzzi es tan BUENO como una piscina. Pero créanme, no lo es.

Y esta era una piscina permanente, EMPOTRADA en el suelo. Cuando era más pequeño tuvimos una pequeña piscina sobre el césped, y no duró ni una SEMANA.

PLUUSH

La agente inmobiliaria nos mostró otros detalles de la casa, pero eso no era NECESARIO porque ya todos estábamos CONVENCIDOS.

Todos estábamos SUPERENTUSIASMADOS durante el regreso a casa. Rodrick dijo que va a utilizar la piscina para organizar CONCIERTOS veraniegos, y que los viernes por la noche habrá locura total.

Yo decidí que le COBRARÉ a la gente por usar nuestra piscina, aunque haré excepciones para CIERTAS personas.

Pero Manny era el más ENTUSIASMADO de todos. También tenía grandes planes para la piscina, y todo lo que puedo decir es que requerirán mucha NATILLA de chocolate.

Lunes

Anoche tuvimos otra reunión familiar, y esta fue muy IMPORTANTE. Ahora todos queremos mudarnos, así que eso es genial.

Mamá nos dijo que no se lo CONTÁRAMOS a nadie, porque tenemos que vender NUESTRA casa para poder comprarnos la NUEVA. Sin embargo, me resultaba un poco duro guardarme esa información solo PARA MÍ, y supuse que no había nada de malo si se lo contaba a UNA sola persona.

Pero tal vez se lo debería hacer contado a cualquiera que no fuera ROWLEY, porque la verdad es que él no tomó la noticia demasiado bien.

Supongo que pude haber tenido más tacto con Rowley, en lugar de lanzarle la bomba de sopetón.

Intenté hacerlo sentir mejor diciendo que seguiríamos siendo AMIGOS y que podría venir a bañarse en mi piscina cuando no estuviera demasiado LLENA de gente. Pero eso tampoco pareció animarlo para NADA.

Sin embargo, espero que Rowley se recupere, porque no estoy seguro de que pueda soportar este drama todos los días.

Esta noche, después de cenar, mamá le pidió a su amiga la señora Laghari, que es agente inmobiliaria, que viniera y nos diera consejos para vender NUESTRA casa. Fuimos con ella de habitación en habitación, y nos dijo lo que teníamos que CAMBIAR para poder ponerla a la venta.

Dijo que teníamos que cambiar las alfombras, darle a todo una mano de pintura, y poner baldosines nuevos en la cocina y en los baños. Y eso solo era el PRINCIPIO.

La señora Laghari dijo que teníamos que quitar las fotos familiares, porque a los compradores les gusta imaginarse a ELLOS MISMOS viviendo en la casa. Bueno, eso ME pareció bien, porque ALGUNOS retratos deberían haber desaparecido hace mucho TIEMPO.

Luego nos dijo que cuando abramos la casa a los compradores potenciales, deberíamos atrancar la puerta del sótano para que nadie vea lo que hay allí abajo.

Lo último que la señora Laghari nos dijo es que la mayor parte de nuestros muebles estaban pasados de moda, y que los deberíamos cubrir con sábanas. Eso hirió los sentimientos de mamá, quien le replicó que a la gente le ENCANTARÍA su gusto para los muebles.

Pero la señora Laghari nos advirtió que si no hacíamos todo lo que ella había recomendado, le costaría mucho vender la casa. Así que mamá le dijo que en ESE caso la venderíamos por NUESTRA cuenta, y le señaló la puerta a la señora Laghari.

Supongo que eso significa que mamá y la señora Laghari ya no son AMIGAS, pero ya no importa porque, TOTAL, nos vamos a mudar muy pronto.

Domingo

Mamá quiere demostrar que nuestra casa es estupenda tal y como ES, así que intentaremos venderla sin hacer grandes cambios. Las puertas se abrieron al público esta tarde, pero nos habíamos pasado toda la SEMANA preparándonos para este día.

A mí ME tocó la tarea de escribir la descripción de la casa para subirla a internet. Hice todo lo posible para que llamara la atención.

> ## Casa de cuatro dormitorios con tres baños en un vecindario agradable. Residencia de un antiguo ladrón de bancos. Tal vez haya escondidas monedas raras o de oro en el suelo.

Tomamos fotos de cada habitación, y también las subimos a la red. La casa estaba hecha un DESASTRE cuando hicimos las fotografías, así que tuvimos que quitar algunas cosas de enmedio para que LUCIERA más ordenada.

FLASH

Las puertas se abrieron a mediodía, después de habernos apresurado para conseguir que todo estuviera limpio y ordenado. Lo hicimos lo mejor que pudimos y nos metimos en el auto justo antes de que la gente empezara a llegar.

Pero era muy duro quedarse allí sentados sin hacer NADA mientras unos auténticos DESCONOCIDOS invadían nuestra casa.

Mamá dijo que ninguno de los que entraban sabía que éramos los PROPIETARIOS, así que podíamos entrar TAMBIÉN. Y de ese modo nos enteraríamos de todo lo que decía la gente.

Bueno, pensé que eso sonaba DIVERTIDO, así que pasé adentro con mamá. Pero a todos los DEMÁS les pareció una idea estúpida y se quedaron en el auto.

Pues resulta que la idea de espiar fue un ERROR. La mayoría de la gente no tenía nada POSITIVO que decir de nuestra casa, y no era fácil escuchar todas las críticas.

Pero creo que a mamá le dolía más que a mí. Porque siempre que alguien tenía algo NEGATIVO que decir, ella replicaba.

Mamá se disgustó tanto que regresó al AUTO.
Pero yo me quedé en la CASA, porque me sentía
incómodo con esos desconocidos escarbando en
nuestras cosas.

Pero no todo el mundo estaba explorando la casa. Unos tipos veían un partido de fútbol en nuestra televisión y, al parecer, estaban zampándose nuestras MERIENDAS.

¡GRAN PLACAJE EN LA ZAGA DEFENSIVA

Esos tipos permitían que sus hijos corrieran como potros salvajes por nuestra casa mientras ellos se relajaban y veían la tele. Así que básicamente estaban aprovechando la oportunidad para tener una GUARDERÍA gratuita.

¡¡¡YUUUJJUJJUUYYYYYY!!!

Como esos papás no vigilaban a sus HIJOS, YO tenía que asegurarme de que no ROMPIERAN nada.

Pero no podía estar en todas partes a LA VEZ, y había subido para sacar a los niños del baño cuando se produjo un gran estrépito en el piso de ABAJO.

CATAPLÁN

Sonó como si un niño hubiera volcado la NEVERA o algo parecido, así que bajé corriendo para asegurarme de que nadie estaba HERIDO. Pero no había sido un NIÑO el causante del ruido, sino uno de los PAPÁS.

Uno de los tipos había ido a buscar más APERITIVOS al cuarto de la lavandería, que era donde habíamos guardado todo lo que no pudimos esconder en ningún OTRO sitio.

Supongo que el ruido asustó al resto de los papás, pues tomaron en brazos a sus hijos y se marcharon A TODA PRISA.

Así acabó ese día, y no recibimos ni UNA SOLA oferta.

Esa noche, durante la cena, todo el mundo estaba deprimido. Pero cuando estábamos fregando los platos, llamaron a la puerta.

Era una pareja de otra ciudad, que no había podido llegar a tiempo para ver la casa, así que mamá los invitó a seguirla. Parecieron muy IMPRESIONADOS, y dijeron EXACTAMENTE lo que mamá deseaba oír.

Y lo crean o no, hicieron una oferta por la casa en ese mismo momento.

Sábado

Sabía que tendría que contarle a Rowley que prácticamente habíamos vendido nuestra casa, pero no quería repetir lo que pasó la ÚLTIMA vez que hablamos de ello.

Se me ocurrió una idea sobre cómo manejar la situación ESTA vez. Hay un libro de Preston el Ornitorrinco que trata EXACTAMENTE sobre este asunto, y me imaginé que era la manera PERFECTA de que Rowley se haga a la idea de que me voy a mudar. Así que esta tarde me llevé el libro a su casa.

Me sentía un poco RARO leyéndole un cuento a Rowley. Pero creo que él está ACOSTUMBRADO a que le lean libros, así que se sentía a gusto.

Sin embargo, no creo que el mensaje del libro estuviera CALANDO en Rowley. De cualquier forma, la historia me hizo ENOJARME un poco. Era sobre cómo Preston el Ornitorrinco tiene un mejor amigo que se llama Pelícano Pete, y lo hacen TODO juntos.

Pero un día Pelícano Pete le dice que se va a MUDAR, y Preston el Ornitorrinco está triste. Y hasta aquí todo iba BIEN.

Pero entonces la mamá de Preston le dice que, después de que Pete se mude, tendrá NUEVOS amigos, y todo va a estar muy bien. Por supuesto, al final del libro, eso es EXACTAMENTE lo que ocurre.

Y Preston y sus NUEVOS amigos se divirtieron durante todo el verano.

FIN

Así que básicamente Preston el Ornitorrinco se olvida de Pelícano Pete, y todos sus años de amistad no significan NADA. Y nunca sabremos lo que ocurre con Pelícano Pete, ni si es feliz en SU nuevo vecindario.

Pensé en escribir una carta indignada a quienquiera que hubiera ESCRITO esa basura. Pero, por supuesto, a Rowley le ENCANTÓ la historia, y quería que le leyera OTRA.

Decidí dejar de darle vueltas al asunto y decirle a Rowley lo que REALMENTE estaba pasando. Y nada más hacerlo, me ARREPENTÍ.

Le dije a Rowley que no se alterara tanto porque todavía no había un contrato formal, pero no atendía a razones.

Tuve que decirle a Rowley que si se iba a poner así de MELODRAMÁTICO, me iba a mi CASA.

Así que Rowley prometió que trataría de recomponerse... y lo HIZO, pero a duras PENAS.

Puede que fuera un error haberle contado a Rowley nuestros planes de mudarnos. Tal vez debí haberle enviado una postal DESPUÉS de mudarme, porque habría sido mucho más fácil para los DOS.

Miércoles
Los propietarios de la casa con la piscina aceptaron nuestra oferta, así que todo esto está PASANDO de verdad.

La gente que quiere comprar NUESTRA casa hizo una inspección durante el fin de semana, y encontraron algunas cosas que tendremos que arreglar antes de que tomen una decisión en firme. El asunto más SERIO es un problema con el techo que hay debajo de la ducha de papá y mamá.

Al parecer, ese desagüe obstruido era un problema mayor de lo que habíamos PENSADO. La estructura de madera que hay bajo las baldosas del baño estaba totalmente podrida, así que ahora tendremos que CAMBIARLA.

Tenemos suerte de que aún no haya sucedido una DESGRACIA, porque se me ocurren cosas incluso peores que la MASILLA de las cañerías.

La otra cosa que los compradores nos piden es que nos deshagamos del JACUZZI, porque tienen hijos pequeños y les preocupa su SEGURIDAD. En ESO estoy totalmente de acuerdo con ellos.

Ahora que sé que es SEGURO que nos vamos a mudar, tengo una actitud TOTALMENTE diferente hacia la escuela. Como ya casi es verano, le pregunté a mamá si me puedo SALTAR las clases de aquí hasta final de curso.

Pero me dijo que si no voy a la escuela, podrían meterlos a ella y a papá en la CÁRCEL. Me planteé si aquello merecería o no la PENA, pero decidí que podía aguantar un poco más.

Me di cuenta de que el año que viene no iré a la escuela con mis actuales compañeros, y eso fue lo que me dio valor para decirle a Becky Anton que me GUSTABA. Así que durante la clase de Biología le conté a Becky que estaba enamorado de ella desde quinto.

Pero Becky se fue directamente a la PROFESORA, y al cabo de cinco minutos yo tenía un nuevo compañero en el laboratorio. Y ahora me estoy planteando muy en serio la opción de la CÁRCEL, porque no sé si podré resistir hasta fin de curso lidiando con Kelson Garrity.

UFF
UFF

Sin embargo, ese no es mi PEOR problema.
Rowley ha caído en una DEPRESIÓN total
desde que hice oficial que nos íbamos a MUDAR.
Aunque trata de mantener su promesa de no
andar LLORIQUEANDO, por cualquier cosa se
viene abajo.

RRRRRR

J + J
MUDANZAS

A pesar de que ESTÁ intentando contenerse,
todavía hace esos pequeños comentarios que me
hacen sentirme CULPABLE por la mudanza.

¡ESTA ES LA ÚLTIMA VEZ QUE COMEMOS JUNTOS SÁNDWICHES DE QUESO DERRETIDO!

Hoy, cuando volvíamos a casa de la escuela, tuvimos que caminar por el césped porque acababan de pavimentar de nuevo la acera. Eso dio a Rowley una IDEA. Dijo que podríamos escribir nuestros NOMBRES en el cemento con un palito y poner debajo «MEJORES AMIGOS».

Sin embargo, me incomodaba un poco escribir un mensaje tan PERMANENTE, sobre todo cuando aún ignoraba qué amistades haría en mi nuevo vecindario. No quise mencionárselo a Rowley, porque sabía que se pondría triste de nuevo.

Así que se me ocurrió añadir una ligera variante al texto para concederme un mínimo espacio de maniobra, por si acaso.

Greg y Rowley
MEJORES
AMIGOS*

* a fecha de hoy

Sábado

La escuela se terminó la semana pasada, y mientras el RESTO del mundo disfruta de sus vacaciones de verano, nosotros estamos PREPARANDO la mudanza.

ZAS

Mamá ha creado una carpeta y un programa para cada miembro de la familia, de modo que todos debemos meter en cajas nuestras pertenencias. Estaremos un poco JUSTOS de tiempo, pero deberíamos haber terminado para cuando el próximo fin de semana lleguen los de la mudanza.

La persona que se está tomando MÁS tiempo es PAPÁ. Quiere asegurarse de que no se rompa ninguna figurita de su guerra de Secesión, así que está gastando todo un rollo de plástico acolchado para cada UNA.

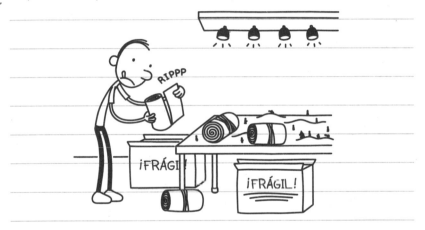

Mamá esperaba que nuestros vecinos nos montaran una fiesta de despedida, pero con todo el asunto de las obras del mes pasado, ya no somos tan POPULARES aquí en el vecindario. Así que mamá decidió que NOSOTROS organizaríamos una fiesta.

La fiesta fue ANOCHE. Enviamos invitaciones a toda la gente de nuestra calle, y dispusimos todas las cosas en el jardín.

Rodrick estaba entusiasmado, porque papá y mamá iban a permitir que actuara su banda, e incluso iban a PAGARLE. Todavía estábamos ocupados con los preparativos cuando los primeros invitados comenzaron a llegar.

No estaba muy seguro de si debería haber INVITADO a Rowley a la fiesta, porque tenía miedo de que se viniera abajo de nuevo. Pero estaba verdaderamente contento de verlo.

Sus padres TAMBIÉN parecían felices, y casi tuve la impresión de que se ALEGRABAN de que yo me mudara.

Rowley dijo que tenía un regalo para mí, que era un collage gigante con un montón de fotografías que nos habíamos sacado con el paso de los años. Y no voy a mentir, admito que me emocionó un poco.

Me sentí ALIVIADO de que ese fuera el regalo de Rowley. Porque tal como se comportaba últimamente no me habría sorprendido que me entregara uno de sus DEDOS o algo por el estilo.

Rowley dijo que podría colgar el collage en mi NUEVO dormitorio para recordar todas las cosas divertidas que hicimos juntos. Y no sé si es que había mucho polen en el aire esta noche o QUÉ, pero creo que en ese momento se me metió algo en el ojo.

Sin embargo, la cosa se estaba poniendo demasiado sensiblera para mí, así que me alegré cuando empezó a llegar más gente a la fiesta.

A partir de ahí, todo fue muy DEPRISA. El grupo de Rodrick comenzó a tocar en la terraza trasera, y la música atrajo a algunos adolescentes que estaban en el baile de graduación de un instituto, un poco más abajo. Era como si toda la gente de la calle estuviera AL MISMO TIEMPO en nuestra fiesta, y fue una LOCURA.

Nuestra fiesta estuvo muy ANIMADA, pero no fue
NADA comparada con la celebración de MANNY.
Y su fiesta todavía continuaba potente cuando me fui a
dormir.

Domingo

Debo admitir que anoche fue muy DIVERTIDO. Pero también
estoy un poco TRISTE, porque justo cuando las cosas
estaban MEJORANDO, tenemos que MARCHARNOS.

Hoy fui el primero de la casa en despertarme, y
cuando miré a través de la ventana, supe que nos
aguardaba un largo día de limpieza.

Ojalá que tuviéramos todavía ese CONTENEDOR, porque eso lo habría hecho todo mucho MÁS FÁCIL.

Mientras yo le echaba un vistazo al jardín, dos enormes camiones de mudanzas se detuvieron junto al borde de la acera. Me sentí CONFUNDIDO, porque todavía faltaba una semana para la mudanza.

Unos cuantos tipos salieron de los camiones, y uno de ellos se dirigió a nuestra puerta. Así que fui a RECIBIRLO.

El hombre me dijo que su equipo estaba listo para empezar a meter todas nuestras cosas en los camiones, y que necesitaban entrar en casa. Ahora mamá había bajado las escaleras y estaba en la puerta principal.

Le dijo a aquel tipo que habían llegado una semana ANTES DE TIEMPO, y que la mudanza sería el domingo SIGUIENTE. Pero él sacó un contrato que mostraba la fecha de HOY como el día señalado para la mudanza, y tenía la FIRMA de mamá al final.

Mamá le dijo que había cometido un ERROR, y que aún no estábamos PREPARADOS para hacer la mudanza. Él replicó que su depósito no era «reembolsable» y que, si no nos mudábamos HOY, perderíamos el dinero que ya habíamos pagado.

Y entonces mamá entró en PÁNICO. Despertó al resto y nos puso a hacer el EQUIPAJE. Los de la mudanza dijeron que teníamos dos horas para meterlo todo en los camiones, así que teníamos que APRESURARNOS.

Hasta ahora íbamos con cuidado al empacar las cosas para que nada se ROMPIERA. Pero hoy no había TIEMPO para eso.

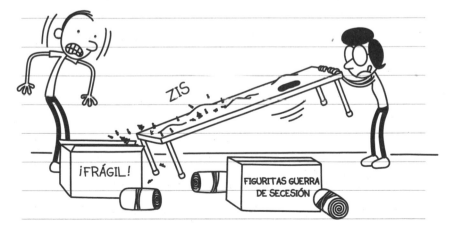

A esos hombres les daba EXACTAMENTE lo mismo si nuestras cosas se rompían. Por eso creo que fue una mala idea permitirles que empacaran la VAJILLA.

Mamá les pidió que se centraran en los MUEBLES, y ellos decidieron bajar al sótano para empezar por allí.

Entonces alguien MÁS llamó al timbre. Era el tipo a quien habíamos contratado para llevarse el JACUZZI, y tenía la grúa aparcada en el jardín.

Así que con TODO lo de la mudanza era un PÉSIMO momento para eso.

El operador de la grúa explicó que no podía meter la grúa en nuestro jardín de atrás sin aplastar las flores de nuestra vecina, así que su plan era levantar el jacuzzi POR ENCIMA de la casa.

Todo eso ME pareció una locura, pero di por hecho que ese tipo sabía lo que hacía.

Le enseñé al tipo de la grúa dónde estaba el jacuzzi, y él le puso unas correas alrededor. Después las sujetó con un gigantesco GANCHO y levantó el jacuzzi de la terraza.

Pero cuando intentó retroceder con su vehículo, NO PUDO, porque los hombres habían apilado un montón de MUEBLES en nuestro jardín. Así que ahora el jacuzzi colgaba encima de nuestro TEJADO.

Como si todo aquello no fuera YA lo bastante estresante, ROWLEY apareció de repente en el jardín.

Pero no tenía TIEMPO de lidiar con Rowley, porque ahora tenía un NUEVO problema.

El tipo de la calle Whirley había aparcado delante de nuestra casa, y estaba apoderándose de los MUEBLES que los de la mudanza habían depositado sobre la acera. Entonces recordé que era DOMINGO, que es el día en que sacamos la BASURA.

Agité el brazo para hacerle al tipo una señal de que se fuera. Pero el operador de la grúa pensó que eso significaba que podía dar marcha atrás a su vehículo. Y eso fue lo que HIZO.

Y ese fue el final de nuestro SOFÁ de la sala de estar.

La GRÚA se detuvo, pero el jacuzzi NO. Empezó a balancearse sobre la casa peligrosamente, y chocó contra la CHIMENEA.

Los ladrillos resbalaron por el tejado y por poco caen sobre mis PADRES, quienes habían salido para ver el motivo de toda esa CONMOCIÓN.

Después de esto, pensé que todo había TERMINADO, porque me resultaba inimaginable que pudiera haber MÁS catástrofes. Pero las HUBO.

Algunas avispas habían construido un avispero dentro de la CHIMENEA, lo cual explica el que hubiera tantas por la casa durante todo este tiempo. Ahora estaban SUELTAS, y buscaban VENGANZA.

Todos corrimos dentro para refugiarnos, pero el operador de la grúa no fue lo bastante rápido como para ponerse a salvo.

Las avispas volaron hasta la cabina de su vehículo, lo que le hizo dar una patada involuntaria a la palanca que liberaba el JACUZZI, que cayó y atravesó el TEJADO.

Si he de ser sincero, llegados a ese punto experimenté una sensación de ALIVIO. Porque estaba completamente SEGURO de que la situación no podía EMPEORAR.

Jueves

Lo único positivo de lo ocurrido el pasado fin de semana es que Rodrick salió VIVO de aquella experiencia.

El jacuzzi se estrelló en medio de su DORMITORIO, así que pensamos que había perecido APLASTADO. Pero cuando los hombres sacaron del sótano la cama de Rodrick, la subieron a uno de los camiones CON él encima.

Todo lo demás son MALAS noticias. La gente que NOS iba a comprar la casa se arrepintió, y eso significa que no podremos pagar la NUEVA. Supongo que eso nos obliga a quedarnos aquí ENCALLADOS por mucho tiempo.

Para serles sincero, de todos modos no estoy seguro de que yo estuviera preparado para mudarme. Buscar un nuevo mejor amigo habría sido un tremendo engorro y, además, todavía tengo que ENSEÑARLE muchas cosas a Rowley antes de irme.

Probablemente toda esta experiencia encierre alguna LECCIÓN como «confórmate con lo que tienes» o «no hay lugar como el hogar» o cosas así. Pero esa es la clase de tonterías que ponen en los libros para bebés.

Así que aquí está la moraleja que YO he sacado de todo esto: no llegues tarde al funeral de una señora anciana. Porque créeme, te lo hará PAGAR.

AGRADECIMIENTOS

Gracias a mi esposa, Julie, por tu cariño y apoyo, especialmente en vísperas de entrega. Gracias a mi familia, por darme ánimos durante todos estos años.

Gracias a Charlie Kochman, por revisar cada frase, coma y punto y coma de estos libros. Gracias a toda la gente de Abrams, incluyendo a Michael Jacobs, Andrew Smith, Hallie Patterson, Melanie Chang, Kim Lauber, Mary O'Mara, Alison Gervais y Elisa Gonzalez. Gracias también a Susan Van Metre y a Steve Roman.

Gracias a mi estupendo equipo de Wimpy Kid: Shaelyn Germain, Anna Cesar, y Vanessa Jedrej. Gracias a Deb Sundin, Kym Havens y al increíble personal de An Unlikely Story.

Gracias sobre todo a Chad Beckerman, por tu espectacular talento con los diseños y por tu amistad a lo largo de tantos años. Gracias a Liz Fithian, por todos los maravillosos recuerdos de nuestros viajes.

Gracias a Rich Carr y a Andrea Lucey, por su genial apoyo. Gracias a Paul Sennott, por toda tu ayuda. Gracias a Sylvie Rabineau y a Keith. Fleer, por todo lo que hacen por mí.

Como siempre, gracias a Jess Brailler, por tu continuo apoyo.

SOBRE EL AUTOR

Jeff Kinney es autor de libros superventas y ha ganado en seis ocasiones el Premio Nickelodeon Kid's Choice al Libro Favorito. Jeff está considerado una de las cien personas más influyentes del mundo, según la revista *Time*. Es también el creador de Poptropica, que es una de las cincuenta mejores páginas web, según *Time*. Pasó su infancia en Washington, D. C. y se mudó a Nueva Inglaterra en 1995. Hoy, Jeff vive con su esposa y sus dos hijos en Massachusetts, donde son propietarios de una librería, An Unlikely Story.